被时间遗忘的人

[英] 里克·杰寇斯基　著

薛夏　译

北京联合出版公司
Beijing United Publishing Co.,Ltd.

图书在版编目（CIP）数据

被时间遗忘的人 /（英）里克·杰寇斯基著；薛夏译. — 北京：北京联合出版公司，2019.8
ISBN 978-7-5596-3191-6

Ⅰ.①被… Ⅱ.①里… ②薛… Ⅲ.①长篇小说—英国—现代 Ⅳ.①I561.45

中国版本图书馆CIP数据核字（2019）第080042号

著作权合同登记号　图字：01-2019-2405

被时间遗忘的人

作　　者：〔英〕里克·杰寇斯基
译　　者：薛　夏
选题策划：航一文化
责任编辑：楼淑敏
特约编辑：李　丹　列　夫
封面设计：来福的外甥
版式设计：林晓青

北京联合出版公司出版
（北京市西城区德外大街83号楼9层　100088）
嘉业印刷（天津）有限公司印刷　新华书店经销
字数：185千字　880mm×1230mm　1/32　8.75印张
2019年8月第1版　2019年8月第1次印刷
ISBN 978-7-5596-3191-6
定价：45.00元

献给

山姆・瓦尔纳多

目 录

第一幕

城堡

该怎么称呼他们呢？我也不确定。建筑工？家政人员？修理工？或者应该试试用一些更专业的称呼？木匠？木工？还是别的什么？

我心无旁骛地盯着键盘，想着这些字母要是能自己跳起来，把正确的词给我拼出来该有多好。

“杂物工”？我把这个词加上我的邮编敲进谷歌的搜索栏里，可大部分结果都是建筑工、勤杂工，还有一些匪夷所思的玩意儿，简直莫名其妙。

我这个人呢，要求非常苛刻。如果工作做得不好，我是不会付钱的，磨磨蹭蹭也不行。我是不会给工人提供什么茶水、饮料的，还有，别跟我聊天儿，千万别！最好也别用我家的厕所，我也知道这有点儿强人所难，但最好还是别用。你要是少喝点儿茶就没那么多尿了，对不对？不过如果你真的需要上厕所，那只能用楼下的洗手间。然后，我敢肯定我会发现工人弄脏了我的厕所。

我想找一个寡言少语的工人。我特别不希望一边填账单，一边跟这个陌生人聊着他的人生。一个话少的勤杂工？天知道有没有这样的人存在！这可是市场空白啊！就该有人开一家公司，专门为客户提供不会说话的工人，拔掉他们的舌头，缝上他们的嘴巴，确保他们绝对不会讲话！

我把“寡言少语”加到搜索栏，果不其然，啥都没搜着。有个家伙在自我描述的时候居然说自己是个敏锐的人，看得我直起鸡皮疙瘩。我又尝试着换了几种说法。“安静的”？搜不到。“不冒失的”？还是不行。最后我用了“善解人意”，终于出来了两个结果：一个是穿着毛背心的工人，看样子是个勤杂工；还有一个倒是有几条不错的评价，好像是个可靠的工人。

我最终选定了这个叫库珀先生的人，但是我并不打算给他打电话，这样他不就知道我能听见了吗？我可是打算装成聋子的。于是，我给他发了封邮件，问他下星期有没有时间。他回信回得特别快，搞得我有点儿担心。这么积极？该不会是个热情的话痨吧？

他在回信中说下个星期三和星期四有空，还问我需要什么服务。

我主要是想让库珀先生帮我弄一下我家的大门，我那个酷炫的乔治亚风格的门需要从五个方面修整一下，我认为自己在信中措辞准确，表达清晰：

1. 拆掉铜信箱，把安装信箱的眼儿堵住，刷上暗黑色的油漆。黑色有很多种，我比较喜欢其中一种黑色，就是那种黑得比较纯粹、比较彻底的。大门也要适当地粉刷一下，颜色务必要得体大方。我有个刚搬来没多久的印度邻居，他们把大门刷成了一种印度风格的橘黄色，看着特别糟心，后来被社区其他的人匿名举报了，他们居然又把大门刷成了难看的亮蓝绿色。

2. 重新安装门铃，安装一个不管你按多少次都只会响一声的门铃。门铃的声音只能在屋里听见，屋外听不见。

3. 安装一个直径为十六毫米、可见范围角度为两百度的猫眼。猫眼我自己准备。

4. 更换门锁和钥匙。

5. 不着痕迹地拆掉门上用来敲门的铜环。

库珀先生告诉我，如果不出差错的话，以上我列出的工作内容需要一天半的时间来完成，包括上第二层油漆。得知他一个小时要五十英镑后，我对比了一下同类工人的报价，还算公道，何况他还是个“善解人意”的勤杂工。

我们约好早上十点开始。我需要给他的货车准备好停车卡；他也没有对我是聋子的设定提出任何异议。

“不用担心，我能自己搞定，而且我也不喜欢聊天！”库珀先生这样告诉我。

我好心地提醒他自带茶水，还告诉他，如果他真的需要喝东西（他会需要的），沿着我家门前这条街往下走几百米就有一家咖啡厅。

我让他称呼我为詹姆斯·菲尼莫尔，他自己就叫勤杂工库珀。他很准时，这是个不错的开始，如果他晚到个十五分钟，我是绝对不会开门的。他果然是一副勤杂工的样子，没打理过的花白头发散乱着，胡子拉碴，还长着一张泛着红光的扑克脸，像极了一个树瘤子。当然，我们不该在意这些细节，但是这家伙身上的味道着实令我头疼。廉价的香烟味儿、过期的啤酒味儿、牙床的腐烂味儿、身上的木屑味儿，还有一些其他的味道混合在了一起，刺鼻得很。这股味道令人作呕，我几乎要直接把他扫地出门，就像赶走一条流浪狗。

我的感官彻底失控了。我能闻到窗台上苍蝇尸体腐烂的味道；早晨的阳光刺痛了我的视网膜；早上刷牙时残留的牙膏附着在我的牙床上，触碰到坚硬的物体表面时，我的指尖感到无比刺痛。这种感觉就好像是要命的头痛，无药可医。

我小心翼翼地打开门。他随即就用专业的目光审视了一下我的门，包括其坚固程度、光泽，还有尺寸。

“以后别这么弄门了，早就过时了！”他告诉我。

我指了指自己的耳朵，示意他我听不见，顺便做出一脸困惑的样子，就好像他说的不是英语而是蒙古语一样。

他朝着我的方向迈了一步，这个动作顿时让我有点儿后悔，然后他大声嚷嚷道：“这东西看起来真是丢人，我猜你肯定很担心安全问题吧？你这门有很多地方都变形了！”

可是这是我的门，关你什么事儿？“不，不是安全的问题，稍微改一下就行了，你来搞就行，干完之后请自己离开，然后明天见！”

我到底没忍住开了口。

下午五点，我听见了关门声，然后悄悄下楼看看他做得怎么样。令我惊讶的是，他居然连地面都打扫干净了，这让我非常愉悦。他重新安装了门，装了让我满意得不能再满意的门闩。现在，门上原来装信箱的地方换成了一些新的木头，是没有什么装饰感的灰色。敲门的门环也拆掉了，抛光了一下，涂了油漆，做得一点儿也看不出瑕疵。他还装上了新的锁眼儿，一串钥匙安静地摆放在走廊的桌子上。准备安装猫眼儿的地方开了一个新洞，我跟他差不多高，所以不用看我也知道高度正合适，只需要等他来把猫眼儿装上就行了。我本人——詹姆斯·菲尼莫尔——仔细地用黑色胶带把这个洞暂时封了起来。总而言之，他干得确实非常不错。

第二天早上，他十点钟到了我这里，带了一个一次性纸杯。我估计里面肯定加了很多糖的茶。他小心地把杯子放在大厅的桌子上，下面还不忘垫上杯垫。他开着门检查昨天的工作，顺便看看油漆干了没有。

“到目前为止，一切都还行吧？”他说得很慢，声音却很大，就像对面站着的是个外国人，或者小孩儿，又或者是一个傻子、一个聋子。

我点了点头，尽量不靠他太近。他那颇具侵略性的气味儿依旧让我感到不适。早上喷的香水，有味道残留在我的上嘴唇，这让我想起一些不好的事。每次打开香水的瓶盖，这种味道都让我感到痛苦，看不见却让我刻骨铭心；每次闻到这种味道，我就感觉自己的头埋在她的胸上，这种气味是每个男孩子都会向往的。而那个女孩儿，许多年前就不见了，在我们走散之前，很久以前。

“你能帮我个忙吗？”我问他，“你能不能到外面把门关上，然后使劲儿敲门，敲个五六次就行。”

他不是个好奇心重的人，又或许他已经打心眼儿里认为我只不过是有点儿疯癫而已。可是如果我不让他出去试试，我怎么知道我能不能听见敲门声呢?

他关上门，然后用指节使劲儿敲了几下。我仔细听了听，从走廊到厨房，距离没多远，敲门声还是可以忍受的。如果我在楼上，那就基本上听不到了。嗯，门果然装得非常好，不需要调整了。

干得漂亮！我重新认识了这位勤杂工。他在门廊看到我的时候，看上去有些警觉地往后退了一步，局促地举着双手。我能看到他的鼻孔喘着粗气。跟昨天不一样，我今天喷了很浓的女士香水，为了遮住他的味道我必须这么做。

这很合理，在他眼里我是个奇怪的人，奇怪的味道、整洁的衣服、一丝不苟的样子，像极了一个基友！并且还看上他了！我能看到他心里对我的评价和态度，他撤了一步，背靠着墙，做出防守的姿态。我真想恶作剧般跑过去亲这家伙一口。

“都检查好了，你什么时候想装那个猫眼儿就给我发邮件吧，到时候我再过来帮你装。”

他盯着我，像是看着一个基友、一个傻子。

下午两点，我听见邮箱“叮”的一声响了起来。邮件显示，勤杂工库珀二十分钟就能装好猫眼儿，然后他提醒我要现金支付。因为我平时只有四百英镑，应该不够，所以我从银行多兑出了一些现金。

我花了两百英镑买了一个很贵的猫眼，这样我就能清楚地看到外面的世界。一分价钱一分货，这是铁律。库珀先生把这个东西装在了门上，这样我就能从里面观察到门外两百度视角的范围了。虽然我不是个数学家，可我也知道在正常情况下，人最多只能看到一百八十度，因此，我买的这个高级货可以让我看到两边的走廊。多花了一百八十英镑啊，我必须确保物有所值。我站在猫眼那儿仔细观察，这么贵的东西，我觉得我都能看到我自己。

“别试了，不可能看到两百度的！”勤杂工先生轻蔑地说道，“你还是把这东西卖给傻子吧，这东西根本不值那么多钱！”

“我们能试试吗？如果你站在门外把门关上，然后多换几个位置，我看看你站在哪儿我才能看见。”

“没问题。”

过了一会儿，我透过猫眼儿看到了库珀先生的脸。他有点儿不安地笑着。他先是背靠着左手边的墙，然后又换到右边，朝我这边儿招了招手，活像上街出游的女王。

我也不知道是什么让他这么害怕我。还有，他是不是觉得所有的女王都是这样招手的？他是不是还想跟我一起喝个下午茶，然后空气中再弥漫些暧昧的粉红色？

我觉得差不多了，多给了他五十英镑的小费，用男子汉的力气跟他握了握手。我希望他最终能记住的是我的男子汉气概。

“你多保重！”他谨慎地说。

“你也是。”

我努力压抑着情绪，让自己发出由衷感谢的声音。总体来说，他还是一个不错的勤杂工，至少超出了我的意料。

我站在新的大门前，仔细瞧着。真好，没有敲门的门环，也没有邮箱。黑色涂满了整个大门。整个门上只剩下猫眼和锁眼，使得这个小型避难所就像一个坚实的堡垒。

我希望这扇门能够起到作用，把一切都锁在外面，门的里面只有我自己。然后我只给自己留一个看世界的窗口，或者监视外界的小洞。

第二天早上我起得很早，洗了个澡，喝了杯咖啡。七点五十八分，我走到门前，卷起一条刚刚洗干净的、柔软无比的毛巾放在猫眼儿上方，把额头顶在上面，舒舒服服地看着外面。外面的世界在我眼中一点一点聚焦。才刚刚八点钟，辛格一家就出门了，女儿和妈妈穿着漂亮的纱丽。他们家的作息时间准到你可以用来对表。每天早上，两个大人先跟孩子们一起走到学校，再坐地铁去上班，男人去切尔西和威斯敏斯特；女人去她的会计办公室上班，好像叫什么德勒来着。

他们的出现很美好，至少比我的英国同胞要好一些。如果他们脱掉民族服装——头巾、衣服和纱丽，他们的肤色就像烤土司一样美妙，散发着小豆蔻和炼乳的香味。如果你吃人的话，你一定会一边烤着面色苍白、味道难闻的库珀，那种苍白就像没进烤箱的面包，一边咬一口这样的东方美食，形成完美的对比。

然后我列出了一些日常的杂项，我是一个特别喜欢列清单的人。

考虑到可能发生的所有情况，然后列出计划，做完一项画掉一项，这让我有一种一切尽在掌握的感觉。

所有的事情都出奇地顺利，等待着一切都尘埃落定。这其中第一件要做的事情是一次非常重要的交流——我希望这是我最后一次做这件事。

亲爱的乔治：

我很好，一切都很好。上周我们才见过面，就像我说的，我有一些小小的要求。我准备休息一段时间，重置自己的邮箱。如果你能帮我收一下信就太好了，收到之后直接丢掉吧。除此之外，请你千万不要来打扰我，不管出于什么原因都不要来打扰我，我希望和外界断掉一切联系。

非常感谢你为我做的一切。

我也改了电子邮箱的地址，你应该已经看到了。我不希望任何人知道这个地址。实际上，我希望你也不要给我发邮件，这是你唯一能帮到我的地方了。

感谢你！

詹姆斯

乔治是我学生时期的好朋友。他是个热情又善良的人，钟爱一切维多利亚时代的东西。他平时穿得很讲究，总是打着领带或者领结，穿着得体的西服、漂亮的衬衫，还有亮晶晶的皮鞋，当然也少不了大胡子。他是个完美主义者，忠诚、多愁善感、善良、心胸狭窄、爱国，对女人感到绝望。我敢打赌，你第一眼见到他，一定会以为他是个基友，但他真不是。他不过是个稀有的男人品种，一个单身汉。他周末会去探望他的朋友们。对于寡妇和单身老姑娘来说，他绝对是个可靠的朋友。他是格洛斯特郡一半孩子的教父。他热衷旅行，是个业余的戏剧表演爱好者、板球爱好者，特别推崇阿尔弗雷德·丁尼生，甚至在每年的九月十五日，他都会缅怀亚瑟·哈拉姆的死——一个诗人所失去的朋友和唯一的真爱——这天，他会在布德尔餐厅吃一顿特别的晚餐。他坚持强调整部《食莲人》就跟希特勒一样，根本就不该出现在这个世界上。他挥舞着双臂表达着自己的观点，像一个仙女，令人愉悦而畅快，赏心悦目。

但是，即便他是个不错的人，我也不能指望他，必须自己解决自己的信件。我还取消了固定电话，这太机智了。我还换了新的手机号码，做了一个重要联系人的数据库——我把他们分类为勤杂工、水管工、电工、医生、牙医、眼镜商、护士、清洁工、洗衣服务、电脑维修。我可以从维特罗斯超市或哈洛德百货订购咖啡和雪茄，还有食物。酒不够了还有贝瑞兄弟。衣服就不用了，就我这个年纪来说，我有足够的衣服和鞋能让自己穿到死。

我再也不需要出门了。如果得了什么重病或者心脏病，我会拒绝打急救电话，情愿就这么死去。如果房子着火了，我就跟它一起化为灰烬，可能我还会放几首令人窒息的狂热音乐——就放斯特拉文斯基的吧，反正他的音乐也没别的优点了。

当然，我与世隔绝的好处就是再也不会有陌生人，或者任何人来打扰我。我不喜欢活泼浪漫，也厌恶惹人喜爱；我讨厌迷人的语言，也不爱读书，不管是有趣的、美丽的，还是异想天开的，我统统不喜欢。

任何一个想要来我家的人，都必须是在我愿意的情况下。我让他们来，不是为了见他们，而是为了利用他们。如果能的话，我将毫不犹豫地把这些人都换成机器人；如果他们都是机器人，我一定会把他们设定为只能听、不能说的那种。

门铃才装好第四天，就有人按门铃。我没搭理他，来的人可能根本不重要，或者更糟糕，是个很重要的人。不管是谁，反正我都不想开门。我也不知道这人到底是几点来的，我已经彻底放弃了手表，拉满了窗帘，即便是艳阳高照的正午，我的房间依旧是一片漆黑，就像是日全食一样遮盖住我整个世界的希望之光。我，变成了一只暗夜里的生物。

我不看新闻，不开电视，也不用网络。电脑执着地想把时间和日期展示在我面前，不过经过一番探索之后，我还是关掉了它的时间功能。现在这间房子变成了没有时间的、静止的碉堡，我要用自己的方式驻守永恒。

我在椅子里迷迷糊糊睡了过去，当时我在酒窖里喝着小酒，啃着配有烟熏牡蛎的小饼干。牡蛎是星期四从苏格兰寄过来的，新鲜的，不是罐头装的。不管多好的东西一放到罐头里，就会沾染一股子罐头味，烤豆子、金枪鱼、白芦笋，什么都能被罐头的味道污染成罐头的味道！不不不，我的牡蛎非常新鲜饱满，吃得出刚熏好没多久，装在没有味道的塑料包装里，完全不会影响牡蛎的口感。

我吃葡萄，虽然很难找到完美的葡萄。但如果我吃得太多或者喝得太多，就会开始恶心、难受、呕吐、不舒服。这种恶心的感觉像一种神秘的力量支配着我，无处不在。在墙壁里、空气中，让我无法呼吸。但只要有葡萄吃，不管是葡萄还是葡萄汁，都能治愈这种感受。我可不想得败血症死掉，我一点儿也不想死，至少现在还不能。

我想如果有人正在监视着我的房子，那从外面看这座房子会毫无生气，而我却在里面注视着一切，像被钉在十字架上的耶稣一样，苍白无力的外表下，仍然有生命的迹象。

这座碉堡唯一的漏洞出现在每个星期四。如果你是一个穿着胶底鞋、疲于奔命的人，如果你星期三一夜未眠还能有力气把眼睛从方向盘上抬起来，在你强烈需要刮胡刀和牙刷的时候，你也许会看到一个人悄悄经过一条小路，打开门走了进去。我同情你的生活，不过你可能仍需要慢慢适应这种疲惫，或者我建议你的上司也过过如此艰苦的生活。

几天以后，门铃又响了一次，就一次，我忽然觉得自己是如此英明——我蹑手蹑脚地走到走廊，厚厚的地毯隔绝了我踩在地板上的声音，保证门外的人绝对不可能听到屋里的动静。我偷偷从猫眼儿里看出去，看到的一切如此真实，真实到让我害怕。我退回楼上，依旧能感到自己的心跳不停地压迫着胸腔。过了一会儿，外面的人开始敲门，一开始还是普通的敲打，接着就变成了使劲儿捶门，几乎快要赶上库珀先生之前敲门的动静，真是出奇用力，吓得我赶紧关上了书房的门。

第二天那人又来砸门，这次敲得更响，时间更长。几个小时过去了，确定外面没人之后，我打开门看到外面贴着一个信封，很明显里面是一封信，大概四五页厚的样子吧。我把信封拿进来直接撕掉，然后把这些碎片丢进了垃圾桶。

从外面看，我的房子窗帘紧闭，仿佛无人居住一样，讽刺的是，唯一的警报灯还装在门上。为什么有人会在这座长期闲置的房子入口加强警戒呢？不，这是房子内的人表示不欢迎任何来访。我要展现冷酷的自我，可不只是说说而已，这是一种态度，对那些未来要到访的人、那些敲门声、那些请求，我将完全忽略它们，这就是我坚决无比的决心。

空气潮湿而闷热，让我有一种要溺死的错觉。

我选择待在黑暗中，因为我痛恨它。我厌恶大海，它是那样的引人注目，海浪哗哗地拍打着，让人沉溺。不，我的冒险已经结束了，只剩下我写的两句话：

我躺在这儿，这里需要我

我是水手，我来自大海

如果天不遂我愿——现在非要我出门的话，那我一定会穿一条标语在身上。我会把标语用加粗加黑的字体打印在一张大大的纸上，挂到脖子上：

千万别和我说话，也别靠近我，我对你不感兴趣！

光是想想这件事情，就让我感到无比温暖。但我真的不能再容忍自己出现在同胞面前了，即使是驱散他们都让我感到无法容忍。我坚决不会再踏出门口半步，虽然有时候我也会在早上轻轻靠在门上，顶着叠好的毛巾从猫眼儿看着外面我的那些同胞的日常生活。看着他们，我就感觉厌恶、恶心、鄙视，这种感觉像海啸一样汹涌地袭击着我。我觉得身体被掏空，呼吸困难，几乎快要死掉。一想到走到大街上会被这么一群辣眼睛的生物拥挤包围，我就作呕。

我无法做到不见不闻。我的鼻子和眼睛无论如何也关不起来，不论是我不停眨眼还是退缩，或者转身都没有用。我经常在想，假如我们能把这些感官丢掉，就能让我们活得容忍、满足，这样就可以了。然而现实总是会狠狠打击你，打得你鼻青脸肿，你却连投降的机会都没有，现实里可不许你扔毛巾、举白旗，或者像以前那个可怜的拳击手一样，嘟囔一句“我不打了”，就能投降保护自己，就能获得退回角落里的机会。

或者，退回自己的房子里？如果真的如此简单，如果这样就可以，那我们如何容忍自己？如何容忍自己的孩子们？谁的生命在痛苦中开始，又在痛苦中终结？真的是够了。

啊，黑暗，黑暗，黑暗，他们都走进了黑暗。

那个该死的 T.S. 艾略特。所有人？该死的人？就某些总是朝着光明的那些人？那些基督徒不是成天都这样吗？一切的起源，一切的开始，道路尽头的光明，最后一丝即将消失的直觉，那永恒的光明。在生命的终点重生，就像一条咬住自己尾巴的蛇。天堂的主人热情地欢迎你的到来，天堂的大门珠光宝气，在那里和圣彼得亲切地交谈。在通往人生终点的队伍里，请你耐心等待，不要插队。你的灵魂离开那可怜的、已经死去的躯体，“嗖”的一声，就像是手机发送信息的声音，你的灵魂找到了该前往的那片云彩。

你准备做什么呢？明天打算做什么？明年呢？一千年以后呢？是什么滋养着那些灵魂，是天使们吗？画报里把灵魂解释成肉体离去后的一种存在形式，就像是在太阳下被晒干的破睡衣，柔软、干燥，只剩下最纯粹的精华。但是，它们仍旧具有人类的特征，脸颊、胸部、鬈发、鼻子、胳膊（或者翅膀），还有些像腿一样的东西。在天堂里，你生前的痕迹不会留在身上，没有肿瘤，没有弹孔或者被压碎的脑壳，没有肿胀的肺或者破掉的盲肠，也没有干缩的尸体。每具尸体都被重新填充修补，重新组装粉饰，回到最初那最美好的状态，像新的一样，甚至更美好。

那这些天上的神明是否也保留了自己作为人的特征呢？神会不会得膀胱炎？会不会生痔疮？没有证据证明神明需不需要吃饭，需不需要上厕所。

在摆脱肉体这个清爽闪耀的时刻，在灵魂彻底自由的瞬间，这些新生的天使会不会好好看看自己？在变成纯粹的天使之前，他们会不会担心自己丢掉什么？就像是在炮火中幸存下来的人，看看自己少了什么器官没有？嘴唇？脸颊？腿？很难说啊，也许是眼睛？那些有功能的器官，比如耳朵，丢了耳朵就什么都听不到了吧？完全没有内脏，没有胃，不用吃东西。没有肺，不需要呼吸。没有血液，天使割破手指也不会流血。这就足够让你惊声尖笑了吧？死亡，非死亡；尸体，非尸体。想到这些就让我几近疯狂。

你一定不敢相信，在艾略特先生可怕的诗的背后，人被宣称是糟糕透了的生物。诗中，艾略特先生把自己也归在了恶魔队伍中，这个我倒是完全同意。

能上天堂的只能是那些温顺的人，谦卑的人，朴素的、心地善良的人，像是得体的淑女、童子军团长、保姆、小学教师、护士、清洁工、收废品的、园丁、大学训导员、助理牧师，还有勤杂工。能上天堂的人都是那些被女皇颁过勋章的人，那些在自己岗位上做得尤其出色的人，他们都是些令人无比愉悦的人。只有这样的人死后，才能变成天使。

女士们，先生们，下面让我隆重地介绍托马斯·斯特尔那斯·艾略特先生（汤姆），古典主义文学家，保皇主义者，最夸大的詹姆斯风格的美国逃亡者，这还不是最糟的。他居然还信教！这可吓坏了他从前的那些朋友，尤其是可怜的弗吉尼亚·伍尔芙，她跟丈夫伦纳德一起出席犹太葬礼，服丧七天让她备受折磨。而这场葬礼也标志着可怜的汤姆脱离了无神论者的阵营。

她的鼻子和伦纳德的不同，鼻孔朝上，使劲儿呼吸着，她吸毒。她的书信和日记都写得无比考究，辞藻出色，比那些无病呻吟、矫揉造作的小说要好看得多。达洛维夫人，现在就在这间可怕的屋子里，这里发生的事情已经超出了她理解的范围，伍尔芙也叹了口气，可怜的汤姆啊，死亡就是一场新的旅程，他信上帝，相信不朽，经常去教堂……

突然之间，他成了公认的最虔诚、最智慧的追寻者，这是多么可怕，多么不合理。突然之间，人们说他的诗歌中有着神圣的精神力量。这也太矛盾了吧！更可怕的是，他居然还成了智慧的传播者，像许多牧师一样，他成了有神性的诗人。

像是絮絮叨叨的纪·哈·纪伯伦，这个苦行僧的原型，这家伙的陈词滥调充斥着一代人的婚礼。露丝在她的典礼上演绎了两首他的“诗”，她的丈夫山姆（即将成为她的丈夫）独自认真地读了一首，另一首则由露丝自己诵读：

> 一起快乐，一起唱歌，一起舞蹈，但每个人都是孤独的个体。哪怕是琵琶上的弦，也是一样的孤独，即使它们演奏着同样的曲调。

上帝啊！光是这些无耻的欺骗就足以让我怀念亲爱的艾略特先生了。我坐在前排劣质的塑料椅子上，非常受罪，发出阵阵呼喊。露丝瞥了我一眼，她还在因为两天前那段悲伤的谈话而生我的气。

其实我觉得自己是在提点她，就像信号员给铁轨上呼啸而来的火车发信号一样。那天，她在床上忙活着自己的一大堆衣服。苏西她俩在那儿收拾她们出行的装备，对我来说也就是收拾婚礼之后的换洗衣服而已。苏西宣称她买了一些很合适的衣服和配饰。露丝转过身，她的肩膀轻轻抖动着。

“亲爱的露丝，你还好吗？”

“妈妈真叫我崩溃啊！这简直像是一出闹剧，就因为她忍受过一场婚礼，她就要求我也这样。她说什么婚礼是女人人生的一场重大仪式，就像出生一样，必须接受！”

我讨厌婚礼，尤其是这场，居然还要我掏腰包！我就不明白为什么新娘家就一定要出钱办婚礼，虽然为了让山姆的父母看起来不会太寒酸，我们无论如何都要掏些钱，可是这也太荒谬了。

相比之下，我更愿意参加葬礼，大家一起品味一些美好的回忆和赞美，而不是自我欺骗般去期许未知的未来。没有喝得烂醉的吵闹人群，没有跳到天亮的傻乎乎的舞蹈，也没有穿得令人作呕的伴娘们，她们脱掉了平时工作的正装，打扮得花枝招展，令人厌恶。

露丝的眼睛又往下瞟了瞟，她拿起一件羊脂白的衬衣放在身前比了比，瞅了瞅镜子，又把衬衣放了回去。拿起另一件衬衣，看看，放下，皱起了眉头。各式各样的衣服让她头疼不已，距离婚礼还有两天，就像苏西说的，必须做决定了！

所谓婚礼，就是露丝被迫穿上一条长裙子，跟周围的亲朋好友(有的既不是她父母的朋友，也不是她的未婚夫山姆的朋友)，欢乐地跑到当地民政局，用一场盛宴来庆祝一番，第二天再回到正常的工作中去。当然，这时候的露丝已经嫁作人妻了。

“露丝，我在想，嗯……我能跟你说两句吗？”

露丝坐在床上，手中正举着另一件衬衫：“当然，你想说什么？”

“我想说，你看啊，现在不是还有些时间吗？”

“你想说什么？”

“你不用这么急着做决定，知道吧？”

她同意地点点头：“我知道不用，但是妈妈一直来烦我，我感觉就是你一旦同意了举办一场得体的婚礼，你就必须忍受这一系列你不需要也不想做的各种烦人的事情。”她斜靠在一边儿，手扒拉着衣服上零零碎碎的挂饰。

虽然我觉得从感情上我没什么好退缩的，可人们还是认为我是个固执的人。苏西让我好好呵护与露丝之间的感情，可是我觉得我们之间也没什么感情啊，其实这挺好的，挺解脱的。露丝跟我在一起不怎么亲近，我甚至回想不起来我们之间私下有过什么谈话。她成年之后，我就没怎么跟她独处过，就算有，也算不上愉快。对我来说，她总是做一些不怎么高明的选择，大部分选择给她的人生带来了更多不尽如人意的后果。她的未婚夫山姆也是她众多选择中的一个，而且更加危险，简直就是她没有判断力的极佳例子。

“不，我亲爱的，对不起，你过来陪我坐会儿。”我说。

露丝抬头看了看我，对我突如其来的热情感到疑惑，她走近了，坐在我身旁，在这个靠近窗户的小隔间里，我们俩坐在一张双人椅上。她的身体微不可察地转向另一边，就好像自我保护一样。

“所以，你想聊些什么呢？”

“我就是想和你聊聊天，在那一天到来之前。”

“那一天？哪一天？你打什么哑谜？”

“对不起，我不是很擅长聊天，我说的是你的婚礼，星期六。”

她把脸转过来看向我：“怎么了呢？”

“嗯，我就是想知道，你是不是还没准备好？或者觉得特别焦虑吧？我就想说如果你想再考虑考虑，我，我是说我和你妈妈都会特别理解……”

“你说明白，你的意思是我没准备好，还是你觉得我没准备好？因为你……”

我也知道卷进这种事情是挺冒险的，但是我已经决定这么做了。

“人都是这样的，哪怕自己明明很担心，还是会选择结婚。人们都喜欢随波逐流，很少有人勇敢地说出自己并没有准备好这种话。”

她从椅子上猛地站了起来，跟我拉开了几步距离，愤怒地看着我。

“你怎么能这么说我！妈妈已经够让我心烦的了，她不停地让我看衣服，还有那些该死的婚礼细节！而现在，我的父亲居然建议我不要结婚！是这样对不对？你就是不想让我结婚！”

“不，我亲爱的，不是这样的，我只是……”

“你一直都不喜欢山姆，连一个机会都不肯给他，你想想是不是？你试着了解过他吗？你跟他坐下来聊过天吗？”

这倒是不假。记得山姆第一次到家里来吃晚饭，见家长，穿着一件别扭的新夹克，打着领带，那时候我就看透了这个人。这个典型的出身工人家庭的北方小伙子，虽然有着不错的学历，很有个性，说话充满自信，可那又怎么样呢？

她弯下腰，脸距离我很近：“你知道什么才是可悲的吗？你一点儿都不了解，山姆他全靠自己，他有许多优秀的品质，可你就是视而不见！”

“你什么意思？”

“算了，跟你说不清楚！”她说完，直起身子转身离开，还做了一个奇怪的手势，“你就是看不到他的优点！”

“是吗？那你跟我说说他的优点，我听着。”

“老天爷！”她说，“他是个正直的人。”

“你能这么认为我很高兴。”

“我就是这么认为的，而且我希望你也是。我是全心全意想要嫁给他。这是我人生中第一次这么明确想要做的事情！”

我站起来安慰她，虽然这个安慰的拥抱完全是我计划外的事情。

她转过身：“我们不说这个了。”

“对不起，”我说，“我刚才的话可能很伤人，但我没有恶意。”

“你知道这有多伤人吗？”她问。

其实每次我想好好做个父亲的时候，就会发生这样的事情。

露丝警惕地盯着我，好像我是个装在塑料袋里的汞合金辐射物，真是不可原谅，我转过身，气鼓鼓地闭上嘴。

苏西用手肘戳了戳我的肋骨，然后默默地握住了我的手。她身上穿着十四个月前我们在拉贾斯坦邦买的真丝衬衣，这跟她苍白的手腕形成了鲜明的对比，皮肤下露出紫色的血管，看着让人担心。宝石蓝的真丝微微反光，上面绣着一条鲈鱼，还有一只红色的大鹦鹉，鸟嘴微微张着，看起来愚蠢又危险，像渴望着抗议或者想要咬断什么。

她当时买的时候就不是很确定，那个臭烘烘的市场有着一股姜黄和汽油的味道，到处都是咖喱，还有牛粪和人的屎尿味弥漫在空气中。我被潮湿恶心的空气闭塞了感官。我还记得她当时拿起这件衬衣在身上比画着。

“特别好看，夫人！太好看了！鹦鹉是一种幸运的鸟，我给您打折！”

一个瘦小的男孩和他的妹妹披着毯子，在市场里一路跟着我们，总想拽住苏西的衣服，还尝试去扯我的裤兜，我把他的手拨开。这个小男孩指了指他饥肠辘辘却又肿着的肚子，可怜兮兮地嘟囔着什么；小女孩恳求地看着我们。我瞅了她一眼，满脸的鼻涕，不忍直视。

“饿！”小男孩摊着双手，旁边瘦弱的小妹妹也跟着他做了一样的动作。苏西轻轻地拍了拍他们的头，已经打算给几个卢比打发他们走了，却又不想引来更多的小叫花子。她拿了张纸巾擦了擦小女孩儿的鼻涕，然后随手丢在了满是垃圾的地上。我身子抖了几下，虽然我不了解这里的文化，但是这样的小孩子对我来说是绝对不能碰的。

“快饶了我吧！”我说，“赶紧买！这东西多少钱？你买吧，反正不合适你还能给露丝，买了快走！”

“我给夫人算便宜点儿！”

“好，好，她买，她买，多少钱？”我提出打个五折。

“饿！”

“你确定吗？”苏西拿着这件衣服不确定地问我。我就纳闷她纠结什么，纠结给不给露丝，还是她穿着合不合适？

我们在一片混乱中走了差不多十五分钟，在炎热和灰尘中穿过重重乞丐的包围才回到了酒店。一直跟到酒店门口，这帮小叫花子才离开。我径直奔向房间，还能感觉到刚才市场的恶臭仍然一路跟着我，穿过酒店的大理石大厅，终于被带着茉莉花香的空调风中和了。我花了十分钟洗澡，使劲儿打肥皂，使劲儿搓洗。我闻了闻自己的手，上面仿佛还残留着粪便和辣椒的味道，赶紧又搓了搓。

洗完澡，换上干净的衣服，真的是无比舒心。干净的、熨烫好的袜子和内衣，柔软无比的全棉衬衣，最后再小心地套上我的蘑菇色亚麻外套——我感觉自己重生了。我把脏衣服放进篮子里，等着服务员取走洗干净，明天再还给我，这简直就是一个净化的过程。椅子上摊着苏西的睡衣和浴袍，地上丢着她脱下来的脏内衣。我不明白为什么我们要每天洗得干干净净，然后再去市场里把自己弄得脏乱不堪。

苏西还没洗澡，她一个人站在阳台上，那件今天刚买的丝绸衬衣，静静地躺在她身边的躺椅上。她看着楼下的花园和游泳池。傍晚的空气清新了许多，我从冰箱里拿出一瓶葡萄酒打开，给我们两个都倒了一杯。

我的雪茄盒子在保险柜里，我隆重地打开保险柜，感觉自己的精神已经因为即将到来的夜晚而无比愉悦。这里也有雪茄卖，酒店的吧台上有个加湿器，旁边站着一个装模作样的小胡子，穿着真丝的袍子立在那儿，替客人们挑选着雪茄，顺便判断谁愿意花大价钱抽哈瓦那雪茄。不过我当时听说长时间的旅行会让雪茄因为干燥而变坏，味道渐渐变弱。打开包装之后的一个月，雪茄就会变得很脆弱，被碰到啊，被折断啊，被扭坏啊，等你想抽的时候，轻轻一夹可能就只剩下很少的烟丝了。之前他们就反对我把雪茄外面的保护膜在丘吉尔市时就撕掉扔了，这一盒雪茄可是花了我六十五英镑，如果就这么坏掉那真是太浪费了。

就因为这，我带了一盒二十五支装的雪茄，到伦敦的时候抽了三支——这样就有空间放下削了皮的土豆。然后我把这盒雪茄重新封了起来，钉上钉子，贴上胶带放好。这样雪茄就能好好地保湿三个星期，在我们旅行的时候，每天来一支雪茄就不成问题了。雪茄在我的手指间摩擦转动，我闻了闻烟嘴，点燃了手里的雪茄，慢慢旋转着，轻轻地点燃，直到红亮的颜色燃满整个雪茄的顶端，轻轻地，慢慢地，踏踏实实地。我很享受这个过程，然后将这支雪茄放进嘴里细细品味，让烟包围我的整个脸颊——事实上是我走进了烟雾中——深深吸了一口气。这味道比一杯浓厚的红酒更丰富：泥土、肉桂、奶油，可能还有一点儿香草、巧克力，也可能还有点儿粪土的味道藏在里面。即便是到了清晨，烟的味道仍会弥漫在窗帘上，还有苏西的衣服上。我特别喜欢这种味道，喜欢闻到雪茄的味道停留在我身边，停留在苏西的衣服里，这简直是世界上最美妙的味道，这就足够了。享受之后，我立刻把鼻腔清理干净，就像我毛孔里的水分蒸发一样快。

我走到阳台上，递给苏西一杯葡萄酒。她看着外面的湖面，自顾自地吸着烟，没有动作。烟味为什么没办法穿透她的衣服留在她的身体上，而我却满身烟味？这简直是我们婚姻当中的一大未解之谜。她解释说，这是因为她的香烟散发出的味道非常非常轻，不像我的雪茄。

“以后不会了，”我说着，声音里可能还有一丝颤抖，我大概记得我的身体有时候会情不自禁地抖动，全身抖，“我也很喜欢这里的景色，包括我们的司机，但是我真的不想再上街了，这里的人让我恶心。”

苏西稍微转了转身，喝了一大口酒，咂了咂嘴，好像是因为酒太酸了，或者是葡萄太酸了。可这葡萄酒对我来说却是刚刚好，我的雪茄配上这干白葡萄酒，简直绝了，真是居家旅行的最好伴侣。

“跟我说说，怎么恶心了？”她嘟囔了一句，眼睛根本看也不看我。

我走到她身后抱住她。“对不起，”我说，“是我的错。”

“我知道，”她小声说，“你已经尽力了，这对你来说确实有点儿难。”

我亲吻了她的脖子，上面还残留着市场里的味道和潮湿的空气。

“一会儿才吃晚饭，”她说，“我抓紧时间洗个澡。”

苏西说她在印度有“宾至如归”的感觉，这也是我们第一次一起旅行。当时她其实不想让我去，可是我却坚持，如果她觉得印度是她的精神故乡（这真的好傻），那我至少应该陪她一起去。然后我就这么陪着她来到了这个国度。

相较于高级的宫殿或者豪华酒店，她其实更希望能住在简单的民宿里面，或者说住在更接近“真正的印度家庭”的地方，就像她之前和其他朋友来的时候一样（我实在不知道什么是“真正的印度家庭”，不过这也是她自己的想法）。

她的父母亨利和索非亚——年迈的先生和夫人——住在多赛特的乔治亚教区，在他们三十几岁的时候，用城里赚来的钱在这儿买了房子。他们打算重新开始生活，改变自己，就像以前的人们那样，充满热情地追求返璞归真的田园牧歌生活。他们打猎（狐狸）、钓鱼、穿长筒雨鞋、在花园里种菜、积极参加教会，给当地一些不怎么样的人提供一些力所能及的帮助。他们跟这群乡巴佬唯一的区别就体现在给孩子请的家庭教师上，他们的两个孩子就是苏西和她的哥哥鲁伯特，他们总是在寻找教科书一样的保姆。不，他们就是想找一个成熟的印度女人来照顾他们的孩子。他们就是想要一个奶妈而已，这才是最准确的叫法，他们其实也就需要一个奶妈。当地人对他们这种做法嗤之以鼻，可是亨利先生丝毫不受影响，并固执地认为，做人就是要未雨绸缪，当你觉得该做的时候，往往已经迟了。

苏西就是在这样的田园生活中长大的，像是森林之王的孩子一样。亨利先生鼓励保姆给他们讲印度的故事，唱印度的歌曲，画老虎、大象和鹦鹉，做印度糖果给他们吃，除此之外还有什么呢？就是冗长无聊的西部农村生活。亨利每个星期一大早都迫不及待地搭乘小火车从多尔切斯特到伦敦去，他在伦敦总是有着很愉快的时光，索非亚从不打扰他，她觉得这也算是一种解脱。

在这对新人交换戒指的台子旁边，蹲着他们的狗——布鲁诺，一条流着口水的蠢狗，黝黑黝黑的皮毛，时不时还有点儿危险的老狗。它曾经两次咬了邮递员，所以到现在他们都只能自己到邮局去拿邮件。戒指就戴在布鲁诺的脖子上，负责取戒指的人居然没有胡子，也没穿拖鞋，这倒是挺让我意外的。这家伙费劲地把戒指从狗脖子上取下来，交给更焦虑的新郎。

接着就是一大堆可有可无的废话，苏西身上的红鹦鹉看起来一副要挑衅我的样子。终于到了新郎亲吻新娘的环节，新郎的吻比我想象的要热情，露丝脸上幸福的表情让我稍微安心了些。苏西擦掉露丝脸上的泪水，就这样，我们的女儿结婚了。

我以为这会是个温馨的回忆，可不知道为什么眼前的一幕居然充满了悲伤。在每一个幸福的时刻，快乐总是特别脆弱，动不动就被一股感动和悲伤的情绪打败。那过去的快乐呢？在加尔达湖的那个周末？苏西第一部小说出版的那一周？这些时刻都稍纵即逝，瞬间消失得无影无踪了。我们临终前真的能自我欺骗地回忆起那么多快乐吗？管他呢！

我本人并不是很满意露丝的选择和未来，虽然我也不确定她做了妻子和母亲之后，生活会变成什么样子，我更不确定我到底是不是该为这个担心。相较于我平日里的无助、绝望和退缩而言，这种无所谓的担心真是显得苍白无力。嗯，还是有些担心！学费啊，叛逆的青少年啊，婚姻不和谐啊，还有些别的什么，总之不仅仅是我提到的这些。

我还记得露丝三岁的时候，她穿着一条她最喜欢的棉质裙子，上面好像有些粉色的小心心，我记不清楚了，不过我总是想着她穿着这样的裙子，不那么新潮，小小的一个人，纯洁可爱，像个小天使。我们逛街的时候，露丝总是跟在我身边，踮着脚尖，我蹲下来把她的手放在我的手里。那时候我们也不会拉着手，因为她的手太小了，根本握不住我的手，我总是用我的大手包裹着露丝小小的手指头，轻轻地握住，小心翼翼地呵护，就像挑选超市里的杏儿一样，视若珍宝。

我发现自己情不自禁地吹起了口哨，那首萦绕在我脑海里的旋律——约翰尼·马蒂斯的《迷雾》。这是一首悲伤的民谣，我一向对这首歌嗤之以鼻。我十六岁时的女朋友说这首歌真的好感人，嗯，其实并没有那么感人。“我很迷茫，快握住我的手！”这句歌词现在出奇地符合我的心境。现在这个房间里，爱充满了每一个角落，到处都是。我的视线有些模糊了，只能看到面前的东西，眼眶湿润，爱真是无敌。

小孩子总是长得很快。差不多一年多以后，露丝长高了，再也不用踮脚尖，也不需要我弯腰才能看着她，我们可以手拉手一起走在路上，她开始会固执地问我许多问题。我们都发现我们的关系发生了一些变化，的确有些东西在发生，悄悄地，却又不可撤销。

小时候的露丝浮现在我的脑海里，有些模糊，我甚至都怀疑是我自己幻想出来的，至少不是完全吻合现实的。不过这也无伤大雅，人都是这样，随着年龄的增长，回忆中编造的部分会越来越多，而且都是根据自己希望的那样来编造回忆。小露丝在我脑海中的大部分记忆都是在夏天。冬天她就是个小恶魔，总是觉得冷，总是流着鼻涕，出门还不愿意穿厚衣服。记得有一年的圣诞节，苏西给她买了一件时髦的橄榄绿呢子外套，上面还有木质的扣子，露丝在打开包装纸后看到衣服的一瞬间就讨厌这件衣服，并且完全不愿意穿。

“我不要扣子！”她喊着，“不要扣子，不要扣子，不要扣子！”

我努力尝试安慰她，抱着她，把她的胳膊塞进袖子里，然后把扣子给扣起来。

“没有扣子！”我尽量保持冷静地说，“按扣，这是按扣，不是纽扣！”我把她的小胳膊塞进袖子里，把外套扣起来。她号啕大哭，可是我们必须让孩子们知道哭解决不了问题。“别动！这么冷的天，必须多穿点儿！”

“别跟我说话，我不要扣子！”

我也不知道她为什么这么不喜欢扣子，总之，她就是讨厌所有的扣子，衬衣上的、睡衣上的、外套上的。最后我们终于解决了这个问题，因为露丝找到了自己的所爱——拉锁，她挺爱玩这个东西，尤其是维克罗的拉锁！

“维克罗，我的上帝，我的女儿居然喜欢维克罗，真要命！”苏西说她实在为女儿的品位感到失望。她甚至不让露丝喜欢劳拉·阿什利。“这些矫揉造作的设计，可怕的上色，简直太平庸了！”

“你说什么？”

“劳拉·阿什利！太平庸了！”

我喜欢你们说我是傻子，至少在对待露丝这个方面，我承认。她妈妈给她挑婚礼衣服的时候累得够呛，但是我们给三岁的露丝挑衣服的时候明明很愉快啊。

我想记住那个夏天，我们一起走去那个报亭的时候，我使劲儿眨了眨眼睛，想要找回那个记忆，那天我们走得很慢，开开心心地拉着手走在街上。她穿着漂亮的属于小女孩穿的裙子，我可以随便想一件这样的衣服，只要我愿意。我在脑子里慢慢想着她喜欢的那种衣服的样子。粉红色？当然可以了。奶白色的圆点？或者就是白色的？如果这样的衣服穿在她的身上，嗯，她看起来特别好看，奶白色太棒了！看起来令人愉快又自由，正适合她。

这都过去了，现在呢？露丝很少听我们的话，也不愿意改变。没有人能否认这一点，也没人在乎了。过去就是那些我们创造的、记住的，或者忘记的大部分事情。你可以在上面画上点点，改变时间和季节，重新创造出对话，重新安排出场的人物。没有人能否认，大部分的记忆都会被遗忘，大部分我们以为的记忆都是大脑后来创造出来的。这就是人们所必须面对的，这种状况在你成长的过程中会越来越严重。

更严重吗？不不，不是那个意思。随着年龄的增长，我们的故事会被提取，被加强，被集中。而有些事情，比如我故事中的小露丝，她在过去带给我的不快乐，或者更接近于痛苦的事情，都在我的记忆中被削弱，无法长久保存。这样，每当我回忆起我的小露丝，才能总是微笑的。

我无可奈何地这么做。我本就活在一个无可奈何的生活中，留下的只有强烈的痛苦和苦涩（或者别的什么），甜蜜却渐渐褪色。这里面有些事情是不可避免的，就像我们最终都会走向生命的终点，这时候我们就会获得人生故事的最后一个版本，接着就是另一个世界了。

日记？这种古老的记录方式，这种令人沮丧和绝望的方式，对于那些已经发生的事情，诚实地面对吧，过去的事情就是过去了，消失了。那些我们曾经拥有的会消失，我们喜欢的会消失，那些定义着我们、代表着我们的一切都会消失。

尝试记住那些被我遗忘的、不值得记住的事情，在这个过程中我什么都得不到。其实遗忘就是一种解脱，就跟卖房子之前你要打扫干净阁楼是一样的。

怎么样呢？我连上个星期读过的小说都记不住。更糟糕的是，我的忘性越来越大，我时常苦苦思索我身边的这些东西都是什么，叉子？沙发？首相？不过我还是能记住形容词和动词的，对副词的应用也出神入化，只不过我忘记名字的速度快得令人发指。

我一开始还害怕自己得了老年痴呆，不过我这个年纪确实也够那么老了。但这种情况也可能发生，当你很久不跟人说话，能聊天的就只有自己，你知道自己在渐渐失去某些功能，就像一部电影里慢慢消退的景象，你一直都看着这个过程，当然你也可以转过头，捂住眼睛，假装看不到。

我怎么才能记住自己？或者露丝？或者苏西？而我又为什么要记住这些？

我不喜欢狗。人为什么要邀请这样一种生物进入自己的房子里来？不管它们多忠诚，多毛茸茸，多可爱，在我看来，狗就是不停地流着口水闻来闻去的动物。要遛它们，还要忍受它们带来的混乱，就像是放荡不羁的纪伯伦，只跟大地亲近一样。如果我出现在你周围，不管我怎么舔你的脸，怎么在你的坟墓前咆哮，请你一定要把我拖走！

我尤其不喜欢邻居家的长耳狗，那条狗叫的声音巨大无比，能吵死人，至少将死的人能被它吵得活过来。我知道那条狗叫斯巴克，它看起来一块一块的，脸上堆叠着许多肥肉和肌肉的组合，特别神奇。

这条狗在做绝育手术的时候大声嚎叫，看来哪怕是它骄傲的主人，也不想让它有什么后代了。

我也不知道这算什么，繁殖？我分不出来。我对人们的性情也不怎么了解。我上课的时候，通常会在第一天就把学生们的长相特点都列出来，写在我的笔记本上。这对我非常有用，两周之内我就不再需要这个东西了。但是开学的第一天，我太需要这个东西让我把学生的脸和他们的名字对上号了，直到我能完全记住他们的脸。

有一天，我忽然特别想上厕所，于是赶紧离开教室，那个名册被我留在了桌子上，而不是像往常一样被放进抽屉。五分钟后，我回到了教室，胖男孩儿林纳斯正坐在教室后面哭，对眼儿查理看起来很痛苦地尝试着去看他鼻子之外的东西，还有粉刺安迪——学生告诉我，他跑出了教室，疯狂地挠着自己的脸。后来一个星期我都没看到他。第二天早晨，我接到了上司直白的信。

亲爱的达克：

我昨天接到了一两对父母的电话，听说了昨天你的课堂发生了不太好的事情。我们能谈谈吗？今天下午四点十五分到四点四十分之间我有空。

祝好。

安东尼

他是个很和顺的人，员工们都很喜欢他，甚至有点儿模仿他的风格，他讨厌冲突。“父母”这个词让他很焦虑，如果你的信里写上“担心”，或者更严重的是“愤怒”，那他一定急得赶紧吃药了。

下午四点十五分，我走进了他的书房，他正在壁炉前溜达着。他的房间实在是太暖和了，就像他这个人一样，暖得过分，屋里这么热，他也不知道把窗户打开。他抽着有毒的巴尔干混合物（不是寿百年），这让屋里的空气更加难闻。我觉得他这么做完全是因为不想让任何人走进这个房间，他喜欢烟味，就像一条腌鱼。

“是这样的，詹姆斯，我们得对你的小本本做点儿什么……”

“小本本？什么本本，托尼？”我只有在想激怒他的时候才这么喊他，我知道他喜欢人们喊他“安东尼”，或者最好是“校长”。

“很明显，你有一本笔记用来侮辱你的学生们，你还留在那儿让孩子们看到，我必须说……”

“你的意思是说，我希望学生们趁我不在，随意翻看我的笔记本？”

“对，而且你还让他们完全看到了你对他们的描述！有两个学生的家长威胁说要给他们的孩子转学，还要告我们，因为他们的孩子受到了心理创伤！”他扒拉了几下几乎要光了的脑袋上那仅剩的几根毛儿对我说，好像在等着谁喝彩一样。

“托尼，不论是有错还是无辜……”

“怎么样呢？”

“我还是会保留我的小本子，这个能帮助我在新学期记住学生们。但是我以后会只用一些普通的描述，比如鬈发，非常高……”

他低头看了一眼电话旁边记录的东西。“粉刺，对眼儿……”

“描述得很详细对不对？这样我一节课就能记住他们的名字。不然我肯定不行，我一直都觉得生理缺陷和丑陋是很棒的特点啊！”

他出奇地愤怒了。“那怎么样？”他忧心忡忡地问我，“要我跟家长们这么说吗？”

“告诉他们事实，告诉他们有一个不诚实的同学非常不对，私下偷偷打开了我的笔记本……或者更糟……他把里面的内容读给了同学们听。我大概知道是谁，咱们应该开除他，然后让那些愤怒的家长把石头和棍子丢向那个做错事的学生。”

“我觉得你这样的人不应该在这里做老师！”

我没时间再陪校长在这里玩牧师的角色扮演，牧师才会去讨好人们，友善地对待所有人，从而换取财富、权力和幸福，我不会这么做的。“我是个老师，不是什么该死的助理牧师！”尽管我不在乎这件事情，可是我依旧不会让脏话从我嘴巴里出来，“让他们找别人吧。”

校长脸部的肌肉抽动了一下：“你非要这么做吗？”

我离开了，不是被解雇了，是从他的书房出来了。他想把我赶走，而不是解雇，如果他真的这么做了，我倒是会尊重他多一些。这种事情经常发生，事情酝酿几天，然后就被遗忘了，只不过我课堂上学生的出勤率越来越低了。

仅仅两年之后，他死于脑出血，居然不是被这高频率的举报气死的，这有点儿神奇。他当时被发现倒在自己的桌子上，看起来很平静

（据发现他尸体的学校秘书说），他脸上还留着微笑，真是个幸运的家伙。

可悲的是，长耳狗都比我之前的学生更在意他来没来上课，我也没什么关于他的记忆需要铭记的了。这条长耳狗戴着一个黑色的、厚厚的项圈，上面有着可怕的铆钉，朝着各自的方向突起，感觉能扎穿一个小孩。也不知道它的主人叫什么，可能也长得巨丑，或者不像他的狗一样有这么多肌肉，但是也很危险。他应该和他残忍的宠物一样让人讨厌，如果他脖子上没有带铆钉的项圈，他可能把环状物穿在了其他地方，比如耳朵、鼻子和嘴唇，而且这些极有可能都是金属的，天知道这样的人怎么在机场通过安检。他一定很为自己的狗感到骄傲——对着狗傻笑——却从来没有像别的正常的狗主人一样为狗做点什么，哪怕晚上遛遛它。每个晚上，他就松开狗，让它自己在院子里乱跑，跑一个小时左右，这期间他还能去跟女朋友苟且私会。我从来没听过他女朋友叫什么，她喜欢穿黑暗系的哥特风格衣服，苍白坚毅，消瘦安静，是个神秘的女人。

长耳狗在没人跟它玩的时候就会叫唤，最后会变成咆哮，乞求有人来给它开门，让它进去。它永远都学不会，不知道自己被放出去是干什么——回来之前必须要解决自己的问题。每当这个时候，它的主人就会打开卧室的窗户，对着它大声喊，叫它闭嘴。一开始大声骂，后来变成哀求，再后来就会被邻居们斥责，于是变成了和邻居对骂。

有些邻居可能觉得狗狗被关在外面太可怜了，觉得他对宠物不够好。对于很多人这种泛滥的同情心，我倒是对他表示同情。但是这个人本身也毫无自制力，又不会考虑别人的感受，总是沉浸在自己拥有一条大狗的自恋中。我看到了他的阴暗面，这个从狗身上寻找自信的人。可我不是一个粗鲁的人，真的不是，我也就是发发牢骚。

我一楼的窗户外面，经常上演这一切。每个星期到了最后几天，整个花园都会被一坨一坨的狗屎覆盖，直到周末的时候，一群留着板寸头的青少年——这些父母离异留下来的孩子——会带着塑料袋出现，把这些东西清理干净。一开始，人们要求他把狗屎清理干净，结果他居然吐得昏天暗地，之后还要叫人来清理他的呕吐物。比清理狗屎还麻烦，后来他就再也不弄了。

其实不用跟这样的一条狗多费口舌，或者跟这样的主人理论什么，跟这两个东西打交道你都讨不到便宜。对于这样的人和狗，你就只能先出击，在他们攻击你之前把他们打垮。只不过我是个天生的和平主义者，大部分情况下不挑事儿。我十岁的时候，班上的小坏蛋一拳打在我的鼻子上，不是很重，可是我立刻就感觉很害怕，赶紧去检查鼻子有没有骨折。

虽然我缺乏勇气，可这不妨碍我是个狡猾的人。如果我的狗总是叫个不停，那我就得想个办法让它害怕花园，比如用疼痛拒绝让它再进入花园——总之就是重重地罚，让它再也不敢来。

于是在逛维特罗斯超市的时候，我买了三瓶辣椒酱，还有一磅阿伯丁安格斯菲力牛排，这种牛排的制作非常奢侈，松软的肉质使它可以吸饱要命的酱汁。等把牛排拿到家的时候，我切下一块来，从中间轻轻地用刀划开，在上面倒上半瓶辣椒酱。辣椒酱里面的辣味非常冲，稍微离得近一点，甚至能把我的眼泪熏出来。但是我从来都不会哭，我不允许自己哭，因为一旦开始就停不下来了。这一点，我在婴儿和女人身上都印证了，这个过程没有人会质疑，大部分哭泣都是因为受伤或者是故意给你看的。

当天晚上，我等到那条狗叫得最凶的时候——这样它才能把接下来发生的惩罚和自己这种讨厌聒噪的行为联系在一起——把肉丢进隔壁的花园里，但愿它不会被这个味道吓走。这条狗看到肉落在了离它不太远的地方——我真是佩服自己的准头，从一个半开的窗户里这么扔出去可是不容易的。它上前闻了闻，和我希望的一样，它一口就把这块肉吞了，瞬间就把唯一能指控我的证据消灭了。

安静了一小会儿之后，它静静地站在那儿，开始感受到口腔里灼热的辣味。它低声叫了几下，却没有像我想象中那样露出更加痛苦的表情来。辣椒酱的确让它安静了一小会儿，它在花园里溜达，然后停留在刚才肉落下的地方，闻来闻去，看起来——这可能吗？看起来它还想吃第二块！

它真的还想吃，第二天我故伎重演，它吃得就不如昨天快了。第三天，我发誓它没有在主人苟且的时候冲他大喊，而是朝着我的窗口汪汪叫，想让我再给它一些辣肉。

它成了我的朋友。

某些老人是比较自恋和唠叨的，这种状态会一直持续到他们只能静静地坐在老房子的躺椅里，再也没有什么人来打扰他们的时候。如果你问这些老家伙喜欢聊什么——天气啊，那些快放坏的食物啊，还是他们的孙辈都叫什么名字啊——可其实大部分老家伙喜欢讨论的是他们是不是便秘，孝顺的女儿们可能会同情地听他们唠叨一阵子，但不会坚持太久；而她们的老公则会在内心发出阵阵尖叫，然后堵上自己的耳朵，去喝咖啡，去聊电话，甚至去上厕所，反正就是找个理由溜走，确实是很反感。

有点儿讽刺还有点儿悲伤的是，就算人像那只长耳狗一样，只是一个制造粪便的机器，那也不是什么靠谱的机器，随时都有可能发生功能障碍。这周已经三天没有人来造访了，这也是我目前正常的生活状态。我开始吃一些不太有人吃的蔬菜和水果，早饭吃一些混合的谷物，就像一只鹦鹉一样。我可以放任自己的习惯去弄咖啡，虽然慢，但是更好喝。

几年前，我给自己买了个好玩意儿（差不多五千英镑，我没敢告诉苏西），一个餐厅级别的加吉亚浓缩咖啡机。如果现在让我再买一部喜欢的机器，那必须是安啡姆超级卡玛诺磨盘式磨豆机。从梅菲尔和希金斯买的咖啡豆，每个月送来一次，按照我的配方配好（三分之二的烘烤埃塞俄比亚豆，加上三分之一的蓝山咖啡豆），即使他们总是把我的名字写错，拿到咖啡豆的时候我也非常高兴。

苏西从来不像我一样喜欢咖啡，也无法理解我这愚蠢的讲究，不过她慢慢也习惯了家里的地方越来越少，全摆放我用来做咖啡的物件儿。但让她不能忍受的是我的小题大做，比如磨豆子的时候，我必须把豆子放在专业的容器里，然后用精准的力道去研磨，手动打奶泡，要用一定的力气重复捶打一百二十次，然后用勺子轻轻搅拌，再取出三分之一慢慢放到浓缩咖啡上面。这种极其反复、精致的慢工，让一杯咖啡不再只是一杯咖啡。

“老天爷啊，”苏西如果在就会说，“这简直就是一个宗教仪式。”

“那是，如果上帝有这东西，那我保证去教堂。”

早上，苏西喝着热水，里面泡着一片柠檬。我曾经如此爱她，爱到可以原谅她对咖啡这样美好的事物无感，并深深爱着她其他更加美好的部分。一天中，苏西会喝点儿花草茶——一些梅子加上几根洋地黄——那些完全没有味道的东西，我估计只有神经衰弱的人、追求时尚饮食的人和素食主义者才会喝这些寡然无味的东西，只有傻子才会喝这种傻茶。

最糟糕的是，她上厕所就跟表一样准时。热水里面泡着一片柠檬，配上一片烤土司，涂上自制的柠檬果酱，这东西能帮助她定时上厕所。我都是喝双份的小白咖啡（这是南半球最好的发明），吃着我的谷物，默默地想，不说话。

老迈的躯体还在勉强工作，可早晚有一天会卡住的，就像轨道被堵住了，火车也没法过，如果它们继续走，那就无异于自杀了。癌症、病毒感染啥的，像是自己在迫不及待地要把自己杀死。

不光是失去规律的如厕时间，还有血管被堵、大肠息肉、长瘤子、嗓子多痰、鼻腔也被堵住、鼻黏膜失去功能，甚至我的生殖器，这个几十年来最可靠的器官——有一次，我甚至将精液弄到了眼睛里，我自己都很难让它平静下来，而如今则是偶然才能放纵自己的欲望——想着那些美好的肉体，祈祷着一场欲望的大雨！我开始渐渐意识到，这个最可靠的器官也控制不了自己了，我再也感受不到那股生机勃勃的液体流动。如果我使劲儿按压，当然也会看到一些东西出现在上面，但是几乎少得可以忽略不计。

这个我能接受，都是正常的，射精这种事情都是青年、壮年才行的，我一个老家伙，尿尿都费劲，想这么多干什么。现在想要顺利尿出来，除非我一天不停地喝水，让我的肾一直保持工作的状态，像是装满的油罐。就算是这样，我也只是能勉强把身体里的废料排出去而已。

我还有湿疹，皮肤就像被虫子叮咬了一样，非常痒。我不停地抓，然后涂上药，接着抓。湿乎乎的药膏干了之后，上面一片红肿，开始流血，就更痒了。我的脸是我自己抓出血的，虽然每个月我比一个女人流的血少，但更频繁，我比一只狒狒抓挠自己的次数还要多。不过抓痒也算是我的一个娱乐项目，让我有满足感。

我的裤子和衬衣都是咖啡色的，这样特别耐脏，上面就是有些脏东西也看不出来。虽然苏西负责洗衣服，可是后来对我弄脏的衣服，她拒绝再洗，她说我自己弄脏的衣服，自己去洗干净。

我不能把洗衣单送去洗衣店，让他们来拿脏衣服。因为洗衣店的女人送洗干净和熨好的衣服回来的时候，我感觉她看着我的眼神像是看一个怪人。我从来没自己洗过衣服，我以为这是一个治愈的过程、一个净化的过程，会把脏乱和灰尘都去掉，然而并不是，这只不过是一件卑微的家务事而已。

你的心和生活都很脆弱，一碰就碎，这种感觉非常可怕，可怕到人们甚至不愿意谈起，就像女人不愿意说起第一次生孩子的那种痛苦一样。这是为什么呢？这让我又想起艾略特先生，对不对？年轻、肥胖、空虚、失去。一切都在虚度着。

我开始了跟这群男孩子的第一堂课——在他们能拿到好成绩和奖学金之前——在他们向我讨教之前，我很享受教他们的过程，就好像牧师在拯救他们的灵魂，用一些温和的讽刺和必要的严厉去穿透他们玩世不恭的外表，让他们安安静静地听我读课文。打开他们的脑子需要费点儿功夫，每周都需要拉开他们幼稚心智的闸门，至少两个小时，让他们脑子里可以谦逊地装下些别的东西，一些更好的东西——叶芝或者莎士比亚，疯珍妮或者哈姆雷特，让他们喜欢这些，让他们记住这些有用的东西，哪怕就在脑子里腾出一块儿小小的地方，也可以让这些知识扎根。

孩子们并不都是冥顽不灵的自大狂，他们还是有希望的——至少他们中的一部分还是有救的。我能感觉到他们一旦开始感兴趣，就会慢慢地、勉强集中起精神来，只是我不确定他们听我讲课是因为被我的想法感染了，还是因为别的什么。是我的错觉吗？对书本有热情没问题，可非要读出声来吗？

另外，我早就发现（他们中的大部分人都很怨恨这一点），孩子只不过是家庭的产品而已，你会交一些朋友，会碰上几个爱人，会得到伦敦一处好地段的房子或者英格兰西南部的不动产继承权，这些不过是你受教育之后能得到的东西之一，嗯，之一。然而，如果你专注于读书和聆听，你也会得到一些别的声音和观点，这些声音听起来都很谦逊、很微弱，如果你允许它们发出声来，即使有些声音不太和谐，还会有些刺耳，它们也会变成你熟悉的一部分，成为你人生课堂的一部分。

这是只有读书才能做到的，教会已经帮不了我们了。（这话我第一次见主教的时候就说过，当时我还被一个学生告了）然而我坚持认为只有读书，读好书，才能支持我们，安慰我们。

哪怕是学生中最喜欢冷嘲热讽的那几个，也不能否认我的这一观点。可能我本人比较像是一个狂热的人，或者更像是一个傻子吧，可我希望不是。我觉得我不适合做老师，老师不能只死记硬背，这需要你长年在学生面前表演尴尬，最后你会发现自己就是尴尬的。

我教给他们智慧，这很危险，不过总会有些孩子喜欢炫耀，喜欢投机取巧，总想要破坏些什么，打破些什么，不过我也安慰自己，对他们不管是用哪种方式，都比无聊地坐在那儿要强。

“下星期，挑选一首叶芝的诗，”我建议道，“每个人都要朗读自己选的诗，然后我们进行讨论。”

开始有几个听话但没有想象力的孩子总想证明一下自己，问了一些常规的问题，我也就常规地回答：“《茵梦湖岛》？无聊！伤感又愚蠢，听起来像个乡巴佬。《第二次降临》？我听到一些从胸腔里发出来的讥笑，不过我选择忽略它们。”

只有一首诗才能走进我的学生古尔德的内心，古尔德的情绪一直都和《疯珍妮与大主教交谈》在一起，他笨拙地读到了最后一行，直到被情绪完全淹没。

我在路上遇见主教，
我们聊了天……
“当一个女人意图于爱情，
她可能高傲而又骄矜；
但爱神将她的宫殿，
搭建在了粪便处；
因为没有什么，
能成为未经分裂的整体或唯一。”

爱情中只有一段沉默的时光，就是孕育新生命的时候。

“拜托了，老师，”他说，“我觉得这首诗非常感人，但是我不确定自己是不是完全理解。你能帮我理解一下吗？”整个教室里都充满着他的期待，这一刻每个学生都全神贯注。

“你到底有什么问题呢，古尔德？”

“嗯，老师，我也不清楚他们是怎么了。可能是因为珍妮疯掉了，就像诗里说的一样，还有大主教仅仅就是指大主教，对吗？但是叶芝也没有说得很清楚啊，他是爱上了一个有点儿疯的女人吗？”

“慕德·冈妮。”

“是吗？反正就是这个人。怪不得只要他告诉她，他想要她，她就会跑去找他。”他开始装出自己在请教这首诗的样子，“哦，是的，老师，在‘粪便处’。”

“想要她？我没看到这种渴望啊。”

“那老师看到了什么呢？”

“我看到了一种引用……也许你可以想想这个……用这个去搭建你的宫殿。”

他等在那里：“哦，我使劲儿想了想，那不是个适合建造宫殿的地方。”

大家爆发出一阵大笑，我等他们笑够了，让他们安静下来。

他还没说完：“老师，毕竟一个宫殿里可以有很多那啥，但是那啥里不会有很多宫殿啊……”

这次我也笑了，这些男孩子啊，破坏是他们的本事，不过这孩子的幽默感也真是叫人难堪。

“我必须诚实地告诉你，古尔德，”我说，“这句一直也很困扰我，这里面一直有东西解释不通，或者是别的什么含义，但是我同意你……”

“同意哪个部分，老师？”

“这诗本身就是垃圾。”

听到这儿，古尔德显得很骄傲，可还是保持着谦虚的态度。

“但是吧，古尔德，你和疯珍妮可能有点儿相通的地方。”

“我们都是疯子吗，老师？”

“不，你们都是傻瓜，她是一个聪明的傻瓜，就像上个学期咱们学的《李尔王》里的那个女人。但你是纯粹的傻子，完全没有聪明在里面。”

“那老师，你能告诉我为什么她是聪明的，我就不是吗？”

“因为至少她在用自己的方式尝试，尝试去让时间淡化自己的悲剧，约束自己的身体，尽管在变老，可是毕竟曾经辉煌过。而你只不过是在抖机灵。”

其实这有点儿不太公平，这孩子完成得还不错，让我对他还有点儿改观，毕竟他不是那么尊重叶芝的诗了，那个搞笑的老威廉。

很少有人尊重古尔德，这也正常。他长的就是一副不怎么值得尊重的样子——小个子，瘦弱，发青的脸色，像是太阳下面一碗黏稠的酸奶——他的同学们有时候会欺负他，让你觉得威廉·戈尔丁所写的似乎都是小儿科了。但是在我心里，古尔德是个可有可无的小透明，其实他就像是托尔金笔下的咕噜，很容易让人记住，总是出没在暗夜中，抚摸着自己珍贵的指环。

很不幸的是，我们很容易就反感这样的孩子。他常常被欺负，被打击、被取笑。如果要改变这种情况，那这孩子只能把自己彻底格式化了。

我用多年在教会的经验对待古尔德，这么多年来，我就依着古尔德按照自己的风格读书，就像是放纵疯珍妮慢慢变成一个疯子。结果很明了，对大多数男人和男孩来说都一样：读书可以开阔我们的思维，让我们挑战自己的极限，让我们的人生变得更深、更广，让我们成为更好的人。

听起来很鼓舞人心对不对？我一直信以为真，并把这种观念教给我的学生。

可不幸的是，这居然是错的。

我不能这样继续下去了，我不能。日子一天天过去，去铭记，去思考，去判断，去创造故事，去制造可笑的笑话——有逻辑的，乱七八糟的。为什么呢？没有什么能平息我们的痛苦，诚实面对吧，生活就是这样残酷，我的人生脆弱，虚伪，慢慢变形，被摧毁，被一一覆盖。

我坐在书房里思考。我思，可我不在。

唯一你真正需要的，其实也就剩下思考了。但是究竟是谁在思考？我是最后一个这么说，或者知道的人。一个老笨蛋，一肚子愚蠢的哲学，竟然觉得笛卡儿比现实还重要。

思考是做人的反方向，可思考太无聊了。思想是最迟钝的东西，索然无味，寡淡无聊。

很难用一两句话来清楚表达我的意思，也没什么事情等着我去做，我就应该什么都不做。什么都没有，什么都不做，就像一个废物，或是一只虫子。我从没做过什么，从没拥有过什么，从没选择过什么。

没有什么比爱更美好。

不要温和地走进那个良夜……

怒斥，怒斥光明的消逝。

黑暗，加倍的黑暗。

孩子们理解不了这个。每个人都理解错了，因为对他们来说，这是没办法理解的。这首诗并不是关于死亡的，虽然作者的父亲的确行将就木。这是一种暗喻，是文学修辞——他的父亲慢慢看不见了。不对！是“砰”的一声，上帝诅咒他失去双目，然而他也命不久矣。

当我想象着自己变瞎，一声呻吟情不自禁地从我嘴里发出，浑身颤抖。我有幽闭恐惧症，如果门卡住，我会开始焦虑，我在隧道里绝对不能停留超过十五秒。我也曾愚蠢地想要尝试治治这毛病，让自己慢慢适应封闭的空间。有一回我让苏西把我锁在黑暗的衣柜里，然后站在外面大声数到二十。我记得当时，她数到七的时候，我已经开始绝望地撞击衣柜门。她早就知道会这样，可还是数到二十之后才开门。我出来的时候浑身是汗，简直被吓死了。

我无法忍受电影或者小说里有活埋的情节，我能感觉到那个凄惨的人被绑架之后又被活埋，自己待在棺材里绝望地祈祷，眼看着尘土落下来，空气变得越来越少。或者她——被活埋的老是个女的，是不是？——被困在车里好几个小时，或者好几天，慢慢被黑暗、被绝望稀薄的空气一点点吞噬。我宁愿立刻就死，也不愿意受如此折磨。心脏病是不是不错的选择？或者这可能只是恐慌引起的麻痹，就像窒息一样，这是黑暗的胜利。

我的视力开始衰弱，总有些光点出现在我的视野里。我读书的时候看着墨迹，眼睛就越来越花，还头疼，我觉得眼球也是刺痛的，眼眶还出奇地痒。眼镜已经帮不了我什么了，不能让我看得更清楚，也不能把字放大，有时候我干脆把眼镜摘掉，把书直接按在脸上读，直到这种痛变得难以忍受，我才忧心忡忡地把书放下。

为了改善我的视力，我联系了眼镜公司的人，那家伙极不情愿地来到我家，带着测视力和制作眼镜所要用的工具——看起来很贵重的样子。因为东西太多，太大，看起来做家访还真是不太方便。于是我们就直接开始了，像两个机器人一样。他开始抱怨，我让他闭嘴；我开始抱怨，他让我放松。

我称呼他卡尔维克大夫，虽然我严重怀疑他肯定不配。但是他也没纠正我，而且我觉得叫他“大夫”好像还让他挺高兴的，他就这么蒙我吧（他的名片上可没提到他是什么博士或者医生）。但是他把这当成我对他的尊重，也未尝不可。

他改了我的药方，第二次来时给我送来了一副新的眼镜，这下就好了，我应该写邮件感谢他，感谢他让我重新看见。

我们手拉着手向可汗先生的报亭走着，这是露丝最喜欢的地方。她觉得这里比公园、比游泳池，甚至比海滩都要好。早几个月，露丝特别想吃酸的，可汗先生给了她一颗非常酸的柠檬，我估摸着露丝应该是他唯一的客人了，而且这柠檬不能买，我不能，露丝也不能。大多数时候，我去买报纸或者杂志的时候，他总是打开身后巨大的塑料盒子，从里面拿出一颗酸得要命的柠檬。

“上帝啊，”他看着天花板上懒洋洋转着的风扇说，“希望有人会喜欢这酸死人的玩意儿。”

“我，我要！”

“是谁呢？”这时候他回看一圈，露丝的脑袋还够不到收银台，他就假装看不见她，然后环顾四周说道，“没有人啊，是不是？除了你，达克先生，早上好啊。”

“不不，是我！我在这里！下面！我要一个！”

可汗先生特别喜欢这么逗她，但是露丝的容忍是有限度的，她半天都尝不到甜头儿的话，就会开始哭了。

“我在这里！”

“哪里来的声音？”

“我，这里，我要柠檬！”

等他玩够了，他看向下面，盯着露丝的小脑袋，往后靠了靠，这样就能跟露丝对视。

“哦，”可汗先生会说，“是你啊，对不对？”

“是我是我！”

他会再迟疑几秒钟——他很享受这个过程——但是最终他还是会把柠檬给露丝。露丝抓住它放进嘴巴里，手指头上还沾着柠檬外面的糖浆。

“哇，”她皱着眉头咂咂嘴说，“好酸，好好吃啊！”

“你还给我吗？”

“不给，这是我的了！”

我则在报纸架子前面挑选报纸，在《伦敦书评》和经常夸大事实的《纽约书评》中做抉择，但这很难，这两份报纸看起来都不怎么有意思。说不定我应该买一份《第三只眼》，这份杂志可能更好，但是我忍受不了他们那个假装圣徒的侏儒主编。

有时候我会买这种文献杂志，它们会给你一个视角，让你知道世界上发生了什么，阅读和写作仍旧让我感觉动容。但是这些杂志不行啊，哪怕我发现了一篇写得不错，那也真是上帝保佑了。现在的文章怎么都这么迟钝笨拙?

这些杂志都喜欢教人做人。都是牧师办的，目的在于解决矛盾，提升落后的，清洗肮脏的，照亮阴暗的。读书使人进步?上帝才知道，我们一直以来都被这样的想法洗脑，这种思想来自 F.R. 利维斯和他在剑桥的那帮同僚。进步?哼，还有他那可怜的、该死的老婆奎妮，这是个什么鬼名字?是不是所有人都要把他当成王者来追随?

“谢谢你，可汗先生!”我女儿说，她脸上的表情被酸得七零八落，然后看着这个非洲人，而这个非洲人则看着这个白人小姑娘慢慢靠近收银台。

露丝仔细地看着他。“爸爸，”她说，“这个人怎么这么脏啊?”

是美国牛仔，还是兔八哥?就是那种一溜烟儿就能溜走的。有一个词我经常用到，虽然做起来很困难，我们英语里叫“落荒而逃”——你转过身子，经过你的敌人(这个人现在没有盯着露丝，而是盯着她的爸爸)，然后赶紧跑。

在我们回家的路上，我开始有点儿费劲地跟她解释。在露丝那无辜的小眼神里，这个可怜的非洲人跟我们长得太不一样了。

“亲爱的，”我说，“刚才你伤害了那位先生的感情。”

她困惑地看着我，嘴里还酸酸地咂巴着。我们的邻居大部分都是白人，而我不知道她到底有没有注意过那几个偶尔出没的印度或者非洲来的邻居。

“你看啊，宝宝，那个人不是脏，他的皮肤本来就是棕色的。你的皮肤是白色的，他的皮肤是棕色的。但你们是一样的人。”

她看着我更费解了。

“你们都有脸、眼睛、鼻子、胳膊和腿，对不对？”

我期待她能给我一些回应、一些认可，或者问些问题，至少这证明她在思考这个问题，然而她并不感兴趣。

“你看幼儿园里，艾玛吉特和桑吉也是棕色的皮肤，但并不是因为他们脏。”

她笑了：“太搞笑了，我们是一样的？”

“每个人都是一样的，只是长的样子不同而已。”

可怜的女儿，她需要好多年来消化这个东西，去判断这是对的还是错的。我该怎么和一个三岁小孩子解释这种东西，她的注意力已经转移到谷仓上面的那只猫头鹰上了吧?

“我有个好主意，”我尝试着用比较温和轻快的语调对她说，“我们是不是应该去跟可汗先生道个歉啊？”

“不要。”

我也松了一口气，然后再次牵起她的手快速走回家去。

清洁工星期四会来打扫卫生。我把备用钥匙找出来给她，这样她就能自己进来了。我留了字条在厨房的桌子上，上面写着打扫的注意事项，不过因为是上个星期留的，所以不太详细，她可能会有点儿疑惑，但是没关系，其实就是告诉她哪里该打扫，应该用什么打扫之类

的。第一个星期四，我在楼上听见大门响了，她九点钟准时来了。我的房间门上贴着一张黄色的纸条——这个房间不用打扫。

头两个小时，她忙忙活活地把洗碗机里的脏碗清理了，把衣服放进洗衣机，该熨的衣服也熨过了。我在楼上还听到她在清理画室和餐厅的地毯。但是她自己带着设备，放着吵闹的音乐，打破了一切和谐的平静。流行音乐，嘈杂的声音夹杂着烦人的鼓点，闹得很。

我一直默默地躲起来，完全不想跟她碰面，就这么躲着她就好，到现在我甚至都不知道她叫什么，也许我是忘了，但是现在她让我非常心烦，我只好打破自己的计划。我打开门朝着楼下喊道："你能把你那该死的音乐关掉吗？！"

这音乐声音实在是太大了，我饱受着吸尘器和音乐的双重攻击，也可能是我喊的声音太大，但是我必须向她表达我严肃的态度。

吸尘器和音乐的声音都戛然而止。她开始清理楼上，为了不再惹到我，她上楼的脚步非常非常轻。

她很快出现在楼上，带着自己的清洁工具，面对她的"敌人"。我必须表现得粗鲁，吓唬吓唬她，让她小心点儿，我可不在乎。

"我不能忍受嘈杂的音乐，我的房子里从来都不能放音乐。"

"我不知道啊，他们说这里没有播放器，我才自己带的。"

"那你现在知道了吧。"

"我继续打扫了。"

她一副奴隶的样子，毫无特色的脸上有着突出的额头，却没什么脑子，她的脸现在因为刚才发生的事情而气鼓鼓的，好像是不太高兴。她身材瘦高，却很结实，胳膊上的肌肉清晰可见，像个运动员，或者是个爱健身的家伙，又或者她这个人种就是这么个身材。她走下楼去，做了一个优雅的转身，像是丢出一枚飞镖之后就快速撤退了。她的工作服很土，但是还挺干净，紧身牛仔裤贴在她的身上，把屁股的线条很好地展示了出来，这裤子不太适合做清洁工作吧？在下楼的时候她那苹果一样的屁股线条被绷得更紧了。

我有点儿担心，打算再去树立自己的威望，我跟着她下了楼，走进了画室。窗户都被打开了，微风和阳光一起跑了进来。在这个倒霉的国家，阳光从未如此明媚，天很蓝，很晴，万里无云。

我从来都不崇拜天气，这东西从来都不诚实，它戏弄人们，有时候准，有时候不准，你从来不能指望英国的天气能有规律可循，而有些地方的天气更是胡扯，完全让人摸不着头脑，让人郁闷至极。我早就不再关心天气了，这让我感到解脱，去他的天气吧！我也不喜欢自然光，亮得该死，感觉是个一百五十瓦的大灯泡。

我恨大自然吗？完全不是。没有大自然当然是不行的。我只是不想被牵扯到大自然乱七八糟的安排里。我赞美鱼和禽类，赞美豆子，还有蔬菜和葡萄，人们灵巧的双手把这些东西变成烤鸡和美味的鱼，来上一小杯浓缩咖啡、一杯红酒或者香槟，大自然依旧生机勃勃，条理清晰。

“把窗户关上，窗帘拉上。”

“但是，”她反驳，“这屋子又暗又热，到处都是尘土，味道也不好，这不方便打扫啊，你说……”

我实在没兴趣跟她做文字游戏：“闷热？”

她看起来很困惑："不是……"

"是！就是闷热，我就喜欢闷热！"

她看起来真的不高兴了，我是不是真的惹到她了？

"那我现在继续了。"她坚定地说。

我就跟着她，监督她。所有的窗帘都被拉开了，窗户也开得大大的。阳光让我很烦，我匆忙地把它们重新关起来，让房间重新被黑暗占领。在充满阳光的地方，你如何懂得黑暗？她在一旁看着我，显得很疑惑。

"我叫布荣雅。"她说。谢天谢地，她没有伸出手过来。

"我是……"

"我知道，你是杜克先生。"

"达克。"我纠正她。

"是的，达克先生。"

当我不绝望的时候，我就开始无聊了。

绝望的时候，我成天躺在床上；无聊的时候，我就坐在舒服的躺椅上。

其实我没有对应各种心情的特别地方，我可以在任何地方绝望或者无聊。但是我躺在床上绝望得都烦了，就跟我一直待在舒服的、可怕的躺椅上一样无聊，没意思。

无聊让我绝望，绝望又让我无聊。

我是个矛盾的人，这两种情绪互相纠缠着，此消彼长，来来回回的。

我每天最高兴的就是不管心情如何都不用跟任何人分享。我慢慢起床，给自己冲杯咖啡，再回到床上，看上一个小时左右的书，然后去洗澡，刮脸。虽然我现在也不需要给任何人看，但是我还是要保持一个清爽的仪表，只有打扮得体了，我才觉得自己是个完整的人。我知道这听起来有点儿浮夸，或者有点儿傻，还有点儿悲惨，但是我每天都穿着干净的白衬衫，一件上好羊毛料子的夹克衫。我那些不修边幅的同事——大部分都是学校老师，很快就不再尊重自己的外表了，最后变得邋邋遢遢的，身上有味道且暴躁，还取笑我一丝不苟的着装。我可不在乎，最起码我看上去比他们要得体。

相比来打扰我的人，门铃强加给我的烦躁要少太多了。我越想越觉得自己英明——我把布荣雅来打扫的时间安排在了每个星期四的上午九点到下午三点，我的包裹信件也是这个时间送来的。这样她还能顺道帮我签收我的包裹信件。星期四早上维特罗斯超市的订货也会寄到，我告诉布荣雅除了我订的东西，别的什么都不要收。因为有一次我明明订了酸黄瓜，可是他们居然给我送来了犹太风味的腌黄瓜。

布荣雅能胜任这些工作，我很高兴她的英语说得很烂，没办法进行太长的对话，否则她还不得把自己的老底全告诉我啊。虽然有时候我会忘记，但是还是一直假装自己听不太清楚。她还是挺听话的，除了坚持工作的时候必须打开窗帘，我尝试着劝诫她，可她骨子里的固执居然威胁我她不干了。

“这样太不健康了，我不在你这儿干了。”

和保加利亚人讨价还价实在是太难了，布荣雅是那样的坚决。谁知道呢？我可能做得太糟糕了吧？或者我应该学习粗鲁的拉脱维亚人，再不就是善谈的波兰人。不管怎么说吧，她打扫楼下的时候，我可以待在楼上不下去，等她上来打扫楼上的卧室、浴室和书房的时候，我可以撤退到画室里，拉上窗帘。

这个小小的不愉快很快就过去了，我们之间慢慢就有了默契，她知道怎么设定洗碗机，然后洗一周的衣服并熨好。她花了一些时间摸索各种东西在哪里。红酒杯在这儿，晚餐碟子在那儿，银器——千万不要放进洗碗机！抽屉里有什么，储物间里有什么，各种酱料在这个架子上，谷物在那个架子上，腌黄瓜和酸辣酱在冰箱的第二层架子上。我喜欢把东西放在固定的地方，天生如此，我管这叫有序，苏西管这叫强迫症。

我去厨房再给自己冲杯咖啡，虽然布荣雅说她可以帮我冲了端上来。我拦住她，没让她找雀巢咖啡，跟她说我自己来就行了。她看到了厨房里那些冲咖啡的专业设备，很惊讶居然有人会有这些东西，她小心地看着我冲了一杯咖啡给自己。

“闻起来很香！”

她盯着我的杯子，脸凑得很近，想看看里面都放了些啥，我赶紧把杯子拿开，杯子和杯托发出碰撞的声音。要不是双份浓缩咖啡只倒了一半满，估摸着就洒出来了。

布荣雅指着咖啡问：“这是什么？”

“什么是什么？”

她又指着我的杯子，有那么一个瞬间我以为她要把手指头戳进来。

“哦，这个啊，这个叫咖啡奶油。”

“这是奶油？”

“不，这是从咖啡豆里提炼出来的油，非常美味的。”

为什么会这样，面对这样一个英语都说不好的人，我们居然聊了这些琐事，我还给她简单地示范了一下该怎么用。

“你是，嗯，这么做是……”她在想着合适的词语。

“故意的。”

她点点头。她学得很快，如果我允许，她可能已经能冲泡一杯这样的咖啡了。当然我不会允许这种事情发生，我已经厌倦了她的好奇心给我带来的侵略感，她总是想知道，总是想参与。如果我不小心，下次我可能会给她冲杯咖啡了，然后我们可能会一起吃午餐。我需要她来打扫卫生，但是我不想与她有深入接触。虽然她只用楼下的厕所，还自带午餐，守所有的规矩，可我还是不希望和她有过多的接触。

我赶紧离开了厨房——在这里徘徊太危险了——这会儿布荣雅正在打开一袋子神奇的西红柿，各种变异的紫色、绿色、黄色，还有橘黄色。

“这是什么？”她用结实的手掌托着一个大的紫色西红柿，举着冲我问，就好像我买了什么危险的东西一样。

“是一个西红柿。”

“不是，西红柿都是红色的。”她又看了看西红柿，“这不对啊，这是坏了吧。”

我不想跟我的清洁工讨论蔬菜了。

“就把它们放在那边，放在桌上的篮子里就行了，别放冰箱里！”

露丝有了新朋友。她年轻的人生中，经常会交新的朋友，她是个热情又腼腆的人，大部分孩子都这个样子。她总是会有一个固定的玩伴，但通常不会维持很久。有一年，她总是和珍妮，一个黄头发的小鬼一起玩，她们是同时到一个幼儿园来的。她们俩都是五岁大，然后到彼此家里去做客，祈求各自的父母能让自己在彼此家里留宿，下午一起去公园，周末一起去游泳。

“我好喜欢她啊，”露丝热心地握住珍妮的手对我们说，“她是我最好的朋友！”

下一个秋天，珍妮离开了幼儿园，因为她妈妈交不起费用了。没了钱，珍妮和她妈妈还是像以前一样希望露丝能来家里玩，甚至比以前更希望她能到自己家里去了。但是露丝却不这么想，她有了一个叫格里瑞亚的新玩伴。

“她是我最好的朋友！”露丝说。

这种事情发生得非常快，露丝很快就忘了珍妮。珍妮妈妈叫什么来着？我总是记不住她的名字，因为露丝换朋友换得太快了，所以我经常要向苏西问珍妮的妈妈叫什么。珍妮的妈妈总带着一条狗，叫米莉，那狗长着一张精致的小脸儿，看起来很温柔，好像是刚从宠物店买来的一样。米莉是个串儿，它有时会自己跑来我家靠近我。我是非常不喜欢狗的人，它们总是耍花招卖萌，就像小姑娘们一样。我在看它的肚子有多大，沉沉地坠着——如果我没算错的话——要是把脚放到它肚子下面，分分钟可以踢到它的肚子。

“真可爱。”我说。虽然露丝可能也感觉到了我的言不由衷。

狗狗就像是一个让露丝高兴的小礼物，苏西总是因为自己女儿这么容易被控制而感到生气：“那个贱人，她知道怎么能讨露丝开心！露丝当然会喜欢这只小脏狗了，谁会不喜欢？这就像恋童癖用糖果骗小孩儿一样，这就应该算违法！”

我建议不要再想那么多了。那条狗本来就是珍妮的，不是露丝的，对不对？现在那个小姑娘天天待在家里，她的好朋友也不要她了，有只小动物陪她是对的，别想那么多了。

“妈妈，”露丝说，“我想去珍妮家看米莉。我能去吗？让我去吧，求求你了。”

“但是，亲爱的啊，”苏西严肃地说，“你不是说你不喜欢珍妮了吗？”

“对，我是不喜欢她，可是我好爱米莉啊！”

本来这也不是什么大事儿，可是苏西不能接受自己的女儿对一条狗如此痴迷。露丝去看了米莉，她梦寐以求的米莉，然后不停地恳求再去看米莉。有一天晚上，我给露丝讲睡前故事的时候，发现她桌子上贴了一张她和米莉的合影。露丝注意到我在看她的桌子。

“它是不是很可爱？”她说道，“你想看我和它的照片吗？”

“这些你给妈妈看了吗？”

“对啊，”露丝说，“可是妈妈不喜欢米莉。”

“为什么呢？”

“她说米莉太小了，还说她不喜欢它的名字。”

“名字？米莉这个名字怎么了？”

“不是这个名字，傻爸爸，是它的种名。”她咯咯地笑起来。

露丝很快发现了一语双关的好笑，这种小爱好就是她和苏西的共同特点。

第一次听露丝这么说的时候，苏西还觉得挺有趣的，可她却在露丝面前故作严肃，认为孩子的语言必须从小纠正，不能放任自流。事实上，固执己见是成年人的特权，露丝对这个特权一直特别向往。

过了一会儿，我听见露丝在打电话，很明显在跟狗说话：“是我啊，我是露丝，我马上就去看你哦，你想我了吗？”

她还对着电话亲亲了半天。“我好爱你哦，”她说，“我马上就能见到你啦。”在苏西抢过电话之前，露丝就挂掉了。

“我们必须阻止这件事情了。”苏西告诉我。

过了一周，这件事情就真的得以解决了。某些自以为是的人认为，这件可怕的事情该有个人出来负责。我和苏西都不知道该怎么回应米莉死掉了这件事情，虽然我们很希望它不在。我们从来没觉得这条杂种狗很温暖，所以它死了我们也没办法假扮悲伤。

不只是米莉，每天有很多狗死在外面，我还是省着我的悲伤给死去的人类吧。不，这是露丝的事情，这是她第一次遇见自己心爱的东西死去，那条狗对她来说太重要了。如果我抛开父亲的角色——我会放任露丝的悲伤，让她切身感受这种痛失所爱的感觉，体会自己的悲伤，然后看大家都装出的那副悲伤。她终于回到了自己的房间，孤孤单单地安静了下来。

她对死亡还没有概念，她不明白一个活生生的生命会这样失去了所有的生理功能，然后尘归尘、土归土。这是多么可怕的真相。不，和所有的小孩子一样，露丝悲伤的不是死亡，而是消失。她讨厌和自己已经习惯的东西分开，这些东西已经成了她生活的一部分，所以当它们被带走的时候，她想大哭。她并不是感到悲伤（很多人有这个误区），如果这种感觉是对于逝去生命的缅怀的话，那她的感觉更多的是因为自己感到了孤独。可以说，她愤怒的是米莉是她的，而它现在却死了，不见了，这让她感到背叛。

“这不公平！”

她在某些时候会做出这样的反应，比如我们打算换家具的时候。丢掉旧家具，换上更新、更漂亮的家具。像厨房里的沙发，那个旧沙发已经破旧不堪，表面剥落，全身都是口子，坐起来也不舒服。苏西找到了更好的沙发，我们就打算淘汰这个旧沙发，这样看着好看，坐起来也舒服不是?

那天送货的人把新沙发送来，然后把旧沙发搬走。他们抓住沙发把手，把它抬出去，穿过花园搬到后面的货箱里。可是谁都没想到，露丝忽然就大哭起来，然后紧紧地抱住沙发，开始乱踢乱抓，这样很危险，接着她就抱住了一个搬家工人的腿。

她愤怒的原因有两个：她已经习惯了这个沙发的存在，从小到大她的生活里就有这个沙发，它已经成为露丝世界的一部分，或者是另一个她最好的朋友。但是更深刻、更古怪的是，她对物体本身感到悲伤，她担心它们，她觉得这可怜的沙发被搬走之后就会遭遇不幸。

她是最后一个万物有灵的支持者。在超市，她会去找那些不太好的、残缺的蔬菜，然后让苏西买下它们——否则没人会买它们，它们会好伤心的。

“这不公平！”她叫道。

我把她从搬家工人的腿上拽下来，抱在怀里，然后目送着沙发穿过花园，通过大门，彻底地离开了。

露丝不哭了，她坐在新沙发上，嘴巴里嘬着自己的小毯子，看起来很忧伤，然后渐渐平静了下来，感受着新沙发的舒适，过一会儿，她问我：“我可以看《芝麻街》吗？”

米莉的死发生得很突然。每天放学后，珍妮和她妈妈都会出来遛狗，到公园走走，然后玩玩秋千，买点儿咖啡。米莉很听话，也很聪明，她们从来都不松开绳子让它乱跑乱闻。它很漂亮，很讨人喜欢，从来不会跑远，可是它非常喜欢跟其他狗一起玩，不管大小，不管公母，不管老少。而这一天，它选择了一条不该选的狗。

我没看见事情的经过，这都是我听来的。那是一条长耳狗，跟着自己的主人，它看起来就很危险，你甚至不敢直视它，遇见它最好是盯着地面，避免接触。目击者称，那是一条中等体形的狗，有着一身黄卷毛。那时候，米莉慢慢靠近这条大狗，然后用自己一贯的礼貌和友好打招呼，可能不知道是做错了什么而激怒了这条大狗，或许是因为米莉太小、太礼貌了——瞬间米莉的头和肩膀就被大狗咬在了嘴里，被拖了出去，接着两条狗都发出撕咬的声音。几秒钟，这条小狮子狗就被丢到了后面的草地上，支离破碎，鲜血直流，哀嚎着，接着就没了声息。

我不愿意想象整件事情的画面，虽然很难不去想。问题是，我该怎么告诉露丝，怎么用一种温和的方式告诉她——米莉在公园被一条大狗咬伤了。她那么爱狗狗，又这么同情心泛滥。

“但是米莉从来不跟任何狗打架！米莉对其他的狗都很好！米莉爱所有人！”

“也许是其他的狗挑起的啊，我也不知道。”

“可怜的米莉，我要去看它！”

“恐怕不行，它可能见不了任何人。”

“但是它会没事儿的，对吗？”

“等等看吧。”

但是不幸的事情还是发生了。第二天早上，兽医建议让米莉安乐死，让它脱离痛苦。

露丝很伤心。“医生为什么不治好它？”她泪眼汪汪地问。

“它伤得太重了，可能活不了多长时间了，而且永远也好不了，这样子太痛苦了，还不如让它睡着呢。”

“睡着？”

“它现在在天堂了，美好的天堂，对不对？还有天使围绕着它。”

露丝停了很长时间：“你是说他们杀了它？”

“不，亲爱的，我不是这个意思。我是说他们结束了它的痛苦，因为他们治不好米莉了，让它解脱才是帮助它。”

“但是我想要再见到它！”

“我知道，亲爱的。”苏西安慰地抱着露丝，“我也想再见到它。”

“你才不是！你骗人！你明明就那么讨厌米莉！”

我就是这样孤独地活着，只满足最基本的生活需求，但是不管我是个善于自我放纵还是自我欺骗的人，我还是需要另一个声音、另一个面孔，只是用来自我否定。

我是强迫自己与世隔离的唯我主义者，能体会到间歇性的愉悦，一个人孤独地活在这个世界上，像上帝。但是，这也不是特别美好，我认为自己注定会越来越孤独。

我不想要布荣雅陪伴，但是我需要她。虽然只是一点点需要她。这让我相当震惊，还有点儿窘迫。布荣雅？和大多数东欧人一样，她迟钝，又不敏感，英语说得也不好，经常因为迟钝而犯错。我可以粗鲁、轻蔑、愤怒和盛气凌人地对待布荣雅。当然了，她靠近我的方式也不怎么聪明——即使人们通常建议你用比较机智的方法去接近一个陌生人，就是像约克人一样，避开。但是她的英语真的不怎么样，那些不怎么熟悉的人听起来，会以为她是从索非亚来的。

布荣雅是个很粗糙的人，完全没有幽默感，对什么事情都只会按照字面意思理解。接触光明？不仅仅是除灰的时候。我很惊讶，天花板上的画竟然没有被她在清理蜘蛛网的时候毁掉。我应该告诉她这些事情吗？如果我不说，她肯定不知道我在说什么。

我的清净被她打扰了，但是也只有她。公平地说，她也是个聪明的人，工作也很努力，很积极，很爱学习。当她知道我是文学老师之后，她就不淡定了。她读过许多的保加利亚的经典文学作品，知道很多作家，可我却都没有听过。

“我想读书，”她说，“提高一下英文水平，看谁的书比较好？”

“对不起啊，”我用手托住耳朵，大声地说，“今天听不太清楚，听不见你说什么！”

“想看书！告诉我该看什么！”

“对不起！”我说，“我真的听不见！”然后我就赶紧离开，让她自己在那儿熨衣服。

苏西以前经常请清洁工。很多年来，一个接着一个，虽然他们经常无声无息地就消失了。当然不是在伦敦，我觉得她可能潜意识里有些思念以前在乡下的仆人，就像那位保姆。但是在这儿，她只能找到一些不可靠的难民。她联系了很多公司，想要找一个印度人或者孟加拉人——甚至巴基斯坦人都可以，却始终没找到。可能大部分清洁工

都是英国医保部门雇来的，现在也许还是这种情况。

幸运的是，我从来没见过那些清洁工，因为他们来的那天刚好我有课。为了不碰见他们，我通常会在学校待得晚一点儿，确保他们走了我才回家。但是我仍然能从苏西那儿听到他们的事情，她称之为“未经雕琢的素材”。我记得一些，但是顺序就不确定了：有疱疹的捷克人；一个波兰女人总是带着娃来干活儿，她打扫，孩子捣乱（她最后被解雇了，因为她的熊孩子画花了我的第一版《圣诞颂歌》）；一个有烦人亲戚的西西里人；还有一个自称知道好多宝藏的加纳人，声称自己只需要几千镑的赞助，便能寻宝回来，真的是个好投资呢，太太！

她很少遇见自己不喜欢的清洁工，她尊重他们，从他们的粗鲁中听着他们的故事。

“一个可怜的女人，在可怕的伦敦，拿着最低工资，出来做辛苦的工作，这背后一定有着不为人知的故事。抱着同情心去倾听他们的故事，用正确的方法跟他们沟通，你会发现他们也很焦虑。倾诉可以缓解痛苦，可以帮助你找到真正的自己。”

我觉得这对苏西也是一种缓解。她大部分时间在家里工作，编辑一些稿件，压力也很大，这时候有人能和她聊聊天，来一杯茶，吃一顿简单的午餐，在露丝放学之前，再听一点儿八卦，也是不错的。

苏西有一个小本子，上面记着这些清洁工的所有细节。她很容易记住别人的面孔，经常像个人物画家一样训练自己，她记下皮肤的颜色、鼻子的形状、眼睛的颜色和大小、疱疹、痘痘、皱纹、干皮，等等。她还记录了清洁工用的好笑的句子，还有他们生活中的趣闻逸事，更深入的，还记录他们的穿着打扮——我的老天爷——他们的鞋子。这只是一部分，还有更多更多。

这些素材就这么躺在她的笔记本里，然后她用有趣的语言把它们整合起来，变成一本畅销的短故事集，《观察家报》认为这本集子是“来自不同的声音和视角的故事”。

很少有清洁工可以做满一年的，通常快到一年的时候，其实一般几个月就会发生——苏西鼓励他们离开。“让他们一直在一家打扫卫生是不好的！”她坚持这么认为，却不说为什么。其实我觉得她的意思是说，一直只用一个可怜的女人做清洁工是没用的，尤其是那些已经被她榨干故事的清洁工，就像是那些已经被挤过的柠檬，该扔就得扔，该换就得换。

这听上去很没同情心。实际上那些清洁工很喜欢甚至崇拜苏西，他们享受被别人关注的感觉。苏西跟其他的雇主很不一样，她很善于倾听与交谈，不像有些雇主故意忽略他们，比如他们打扫个空房间，只能在里面自己放音乐，孤独地工作。而且苏西很讨厌别人叫她莫尔顿小姐，更讨厌别人叫她达克夫人，我也很好奇为什么。我敢打赌那些清洁工在被她抛弃之后，一定还会很想念她。

我曾经跟苏西说这样子做似乎不好，不是很礼貌。

“你知道什么，”苏西很尖锐地回应我，“你就知道躲在书房，你连杯茶都没泡过，甚至懒得知道他们的名字，而我至少认识他们。”

“没错！”我竖起两根手指，象征我的胜利，“我的意思就是，你把他们吃干抹净之后，就吐了！”

“他们没事儿的，”她说，“他们都能挺过来的，我从他们那儿得到了什么，他们也从我这里得到了点儿什么啊，各取所需而已，过一段时间，我们彼此都应该向前走了啊。”

九岁那年，露丝宣称自己是一名素食主义者。感谢上帝，我也不知道是谁让她成为素食主义者的。是电视上的那个头戴星星的卡通女孩儿吗？她也不吃肉？

“这不公平！动物应该和我们享有同样的权利！”她插着豆腐饼激动地说着，走过桌子旁盯着我和苏西正在做的土豆烧鹅，还有烤羊肩。

“没关系，亲爱的，你不用吃它们的。”

“你也不应该吃！你这个凶手，你吃掉了一只无辜的小羊。”她的眼睛里充满了悲伤和愤怒的泪水。

这样我就更想招惹她了：“嗯，羊肉最好吃了，尤其是配上这个酱汁！”

“我恨你！”她哭了，“如果你再吃肉，那我就再也不要和你一起吃饭了，我的豆腐才是美味的！”

“豆什么？我怎么没听过？”

“豆腐！是豆腐！这是大豆做成的。非常健康，妈妈和我把豆腐做进了汉堡里。”她给我看她的汉堡，里面装满了炸得金黄香脆的豆腐，上面还有番茄酱。

“亲爱的，你能喜欢这个我很高兴，但是我们还是要一起吃饭，你吃你的，我们吃我们的，你还想怎么样，有个自己的餐厅？”

“我要上楼吃！我才不要和食人怪坐在一起！真让我反胃！”她捂住自己的胃，做出要呕吐的样子，“吃人比吃羊肉更好！谁会在意人啊！”

“所以，你宁可吃人？也许你该让妈妈给你弄一些！”

“一点儿也不好笑，你太可怕了！”

又一个星期四，布荣雅吃午餐的时候，她拿出自己的香肠，还有一盘俄罗斯沙拉，又从包里取出了一本平装书。她像往常一样忽视我的存在，打开已经看了一半的书。我瞟了一眼书名——很难不去看好吗！它就这么赤裸裸地摊在我面前。布荣雅在读《雾都孤儿》，狄更斯！

她打扫了书房，吸尘，在工作的时候还是按照她的方式打开了窗帘。

“你别碰我的书！”我严肃地告诉她。

“灰！”

“我宁愿它们落灰，别动它们！”

我假装把自己埋在一个暗红色的文件夹里写着东西，但是实际上我在监视着布荣雅，数着时间直到她离开我的书房。吸尘器发出可怕的噪声，然后扬起满屋子的灰尘。这确实难以忍受，但船长是不会抛弃自己的船的，哪怕船已经进水下沉，我就这么站在书房里。

我觉得她很难不注意到我有狄更斯的作品集，而且还有很多早期的版本，那些书放满了我的书架，就在我的书桌旁边。

这些是收藏品，不是让人读的。狄更斯小说的平装本对我来说其实更有用处，尤其是这么多年以来，它帮助我完成了那些一直在做、却又没什么成果的小项目。

她把书放得低了一些看着我，脸上挂着可爱的笑容，我注意到她已经适应了我古怪的脾气，慢慢放松了下来。我怎么会知道她能习惯我这种臭脾气？所有的东欧人都是怪人啊。布荣雅可能错以为，我这种时不时的粗鲁就是我正常的交流方式，而我可能会变成一个光荣的保加利亚人吧。

“有点儿难理解吧？”她说，“但是很有趣。”

保加利亚人很有趣，还是狄更斯很有趣？方言当然难理解了，哪怕是对现代英国人来说，那种奇怪的卷舌和发音方式，都跟很多英语不一样，难道这对她来说不应该很难懂吗？但是，现在我想到——我真的不愿意去想——但是这些想法是不可避免的，就像我以前做老师的那种本能，这些想法大部分都跟布荣雅有关系。狄更斯是穷人的领袖，他为他们写故事，为他们发声，赢得他们的尊重。她选择看《雾都孤儿》也是有道理的，孩子、穷人、渴望、工厂里的不幸，清楚地界定了好与坏、无辜与有罪。

“好吧，”我说，“跟我说说你为什么喜欢这本书。”

她既不熟悉那时候的语言，也不熟悉那个时代，但是她还是很享受阅读这本书的过程。

“我很喜欢这本书，”她说，“很好的故事，他站在了正确的一方，他是个好人。”

“是的，他是个好人。”

她迟疑了一下：“你也是，我觉得，你也是个好人。”

天知道她为什么会这样想，但是我却觉得这是个警告，接下来她打扫卫生的时候，我都要求她离我远远的。

可一两个月之后，日子变得不好过了。

“我那时候都是这样上学的，老师很坏。”

“当你还是个小姑娘的时候？”

“当然了。”

“在索非亚的时候？”

“是啊。”

我们双方对于这种深入的谈话，都不是很舒服。

“你父母现在还住在那里？”

“是的。”

“他们是做什么的？”

“爸爸是大学老师，教语言的，现在退休了，他退休工资很少，只有四十镑一个月，他们钱不够，我出来工作帮帮他们。”

她从家政公司也领不到很多钱，若是还要寄钱给家里的话，可以想象她的生活得有多艰难。

“很难吧？”我说。

“生活从来都不容易，”布荣雅说，“还想问什么？”

几个星期以后，她开始读《荒凉山庄》，就是在这个残酷的世界中寻求救济。我也很认同，这是我最喜欢的狄更斯的作品。

“这是本很棒的小说，它告诉人们争议就是胡扯，法律就是狗屁。”

她露出震惊的表情：“狗屁？”

“不，像驴和骡子，又蠢又勤劳。人生是很复杂的，法律这种东西根本无法掌控住这种复杂，我们的法律系统又乱又残酷。”

她点点头，仿佛原谅了这个烦乱的世界。“像卡夫卡。”她说。

我们吃着鹌鹑蛋——小一号的鸡蛋，还有烟熏野生三文鱼。我用吃生鱼片的刀把它们切片，布荣雅要求试试，这再次提醒了我，警告了我，人一旦放松了防线，扩大了自己的边界，侵略就会如暴风骤雨般地袭来。

我正处于妥协的危险之中，可是再次谈起狄更斯又让我无比的认同。

“也许该反过来说。”我说。

她疑惑地看着我。

“卡夫卡像狄更斯，因为狄更斯的作品更早一些。”

“所有的书，”她说，“都是同一时期出版的。”

这让我猛醒，我并不知道这些。布荣雅的观察力让我震惊，好奇，甚至有点儿愤怒，或许该说是因为自己没留意到这些而感到尴尬。

她是对的。我们教文学的老师都会把文学作品的出版年份标出来，方便去理解各个时期的不同的文学作品和作家的特点。但是实际上，在读书和讨论书的时候，还是很容易混淆。乔叟跟狄更斯挨着，莎士比亚和特德·休斯挨着，就像是一篇文章里的近义词，同一个时间、同样的情绪，就像是同一列火车里的乘客们，虽然彼此有着不同的长相，可是却以同样的节奏，前往同一个方向。

也不是全对。

我也不知道我有没有搞对。艾略特也说过跟布荣雅相似的句子，虽然更高雅，却没有布荣雅说得简单。布荣雅说祝我有一个美好的下午，然后就去干活了。她的确知道一些东西，但是也不需要小题大做，每个人都会知道一些东西的，对不对？比如，所有的书都是同时出版的。

这让我失眠了，反正我睡不着，我脑子里在总结布荣雅说过的话，这种思考代替了我原本那日常苦恼的失眠夜晚。

晚上我一直坐在床上。没办法阅读，也写不出来任何东西，不管我怎么尝试都没有用。身体的肿胀和精神的紧张让我觉得更糟糕了。我以为我能用写作释放掉这种感觉，结果却发现自己越陷越深。苏西曾说人有时候必须学会釜底抽薪，但是我的苦难之火已经蔓延千里了，苏西并没有体会过真正的痛苦，她之前的那些沮丧，在我看来都不值一提。整个世界都在旋转，灯光昏暗，令人绝望的空虚拖着我不断地下沉。

“跟我谈谈狄更斯吧，他结婚了吗？”

布荣雅对狄更斯越来越好奇了。

“他来自一个贫穷的家庭，也没受过什么教育，他的父亲因为欠债被抓去干苦力。”

“什么意思？”

“如果你不能还清债务，就会被送到煤矿上去干活儿，直到还清为止。大部分时间，你的家人可以和你一起到矿上去。那是个可怕的地方，在那里他们不把欠债人当人看。”

我不确定她听明白了没有，但是她点点头示意我继续。

“不管怎么说吧，他娶了一个叫凯瑟琳的年轻女孩子，她给他生了十个孩子。”

“十个？他是天主教吗？”

“不是，但部分维多利亚时代的人会生许多孩子，家族庞大。一个顺从的妻子对狄更斯来说非常有用，尤其是那段时期。那时候，狄更斯有很多事情要做，他一个人顶得上三个强壮的特洛伊勇士，他支持慈善，发表他的作品，他真的很棒。但是在他们有了这些孩子之后——他本来就想要三个——他开始讨厌凯瑟琳，因为她经常生病，不能好好陪伴他，开始变胖，变得懒惰。”

“那又怎么样，她也不容易啊。”

“最终他还是离开了凯瑟琳，娶了一个名不见经传的女演员。他是个公众人物，可是维多利亚时代的人都很虚伪，大家最后还是接受了他又娶了一个十八岁的姑娘。”

“十八岁！”

“不要这么严苛，他是个天才。”

我对布荣雅这么开诚布公，让我自己也颇为意外。忽然之间，就算我内心的防线没有垮掉，但是也松动了。在教她的时候，我感觉很担心，而她也展现出惊人的辩论欲。

“他抛弃了自己的孩子和肥胖的妻子，这难道不是罪过吗？”

“不是的！我们需要理解他，他是个伟人，拥有源源不断的能量。当然他也有过错……”

她点点头：“保加利亚有句话——没有不挂彩的英雄。”

“没错！”

“但是，狄更斯伤害了别人，他并没有受伤，他不是一个英雄！”

这实在令人愤怒，她在说狄更斯！查尔斯·狄更斯！上帝啊，我的清洁工，这个一知半解的读者正在侮辱狄更斯！

“也许因为你不是英国人，所以很难理解吧。”

“什么？你说什么？你觉得保加利亚人分不清楚善恶吗？你真的是又疯、又粗鲁、又愚蠢！”

“你说得对，很抱歉我就是这样！”

“我走了！”她说，然后走出了厨房，摔门而去。

之后的一个星期，家政公司打电话来告诉我布荣雅病了，如果我需要，可以给我另派一个清洁工过来。我不要！我只要布荣雅。我不是喜欢她，我只是习惯她了。我知道怎么跟她交流，怎么使用她，我可不想重新培训一个人，哪怕只需要一天。我可不像苏西，我不需要新的模板和素材。

这个兆头可不太好，或者说是某种症状，虽然我自己还没意识到。在布荣雅没来的这天，我开始阅读保加利亚诗歌，我在网上搜索“当代保加利亚诗歌，翻译”，搜出来的内容比我想象的多太多了。保加利亚人似乎从出生开始就在不停地创作诗歌，即便有很多困难阻止，也挡不住他们的热情。写诗是一件很招骂和很自我的事情，常常会把人引导进可怕的超自然状态：我是个诗人！好像你自称诗人就代表自己很有智慧，就能诱惑更多的人来跟你上床。

如果你真的很需要表达自己的想法，我告诉我的学生，你可以写日记，但是尽量不要写诗。不到万不得已不要去写诗，或者说你自己水平不到能够写出好诗，就不要去尝试。我觉得应该有一个考试，通过的人才能写诗，就跟考了驾照才能开车上路一样，为了大家，为了安全。

对保加利亚人来说也一样，为什么呢？下面让我阐述一下我的理由。布荣雅好像提过一个人，最好的诗人之一——艾文·鲍里索夫，跟我年纪差不多，我们曾经讨论过这个人的诗——《旅程》：

我们都是自由的孩子，

我们都是折翼的天使。

我们都是水手，在被诅咒的船上，

在浓雾中航行，我们咒骂这一切。

如果有人比赛，谁能在四句话里面放上可笑的比喻，那这首诗绝对赢了啊。话是这样说，其实就算私下读着这首诗，都让我感觉罪过，即使我也不清楚为什么，但是我会很不开心。不是因为鲍里索夫先生，是布荣雅吗？我不会再跟她谈起这位先生，这种陈词滥调让我觉得痛苦。

我其实有点儿后悔小看了这些诗歌。我们经常这样批评诗歌，因为你可以感到更多的快乐，不是从读诗中，而是从酣畅的运动中，从击破某人的罪行中，从学习如何变得优雅礼貌中，从如何分辨善恶中。而且这些诗糟糕也可能是别的原因，比如可能因为翻译译得不好？或者因为是别的国家的诗歌？也许一个保加利亚人读的话，更能领会其中比喻的精髓？

我没办法做很充分的准备，我认为自己的思维和控制力开始松懈——就是从布荣雅来到我的屋子开始的。是的，我的屋子，我不会用“我的生活”，她不在“我的生活”中，她甚至都不在我“家”里。即使这样，我也知道原因，因为她来得太频繁了。

当你感觉到肿块长大，那就切掉。这可能会疼，但是可以阻止它扩散，并保住你的一条性命。于是我写了这样的一封信：

尊敬的先生/女士：

我从上个月开始，从贵司雇用了一个钟点工，每星期四来我房子打扫卫生。上个星期她病了，所以没有来。她的名字叫布荣雅。

我写信是想告诉你们，我不再需要她的服务了。

可我还是觉得应该告诉你们，她工作得非常好，非常可靠，我没有任何对她的不满或者怨言。

一切祝好。

詹姆斯·达克博士

我越来越讨厌古尔德了，就跟他的其他同学一样。我一直告诉自己，反复告诉自己，不能这样，他就是个孩子，但这样一点儿都没有减轻我对他的不喜欢，不，用“不喜欢”都不足以表达我对他的厌恶和愤怒。这个孩子太任性妄为、太自作聪明，总是爱反驳，而且总是破坏星期五的下午，即使我尝试了所有的方法去平复自己的心情，他总是能把星期五的下午变得很糟糕。

有个传言说他是犹太人，但是我觉得，从他被教导成的样子来看，不太有希伯来人的风格。不过，按照我一个同事的说法，“古尔德”本身确实也不太像一个犹太名字，他抬了抬眉毛：“最初，这个名字叫古尔博格，我敢打赌是后来他们改成了古德，但是现在人们又想加上以前的叫法，才变成了古尔德，然后变得平常，人们总是这么做。”

我有点儿不高兴。不能因为一个孩子聪明、注意力集中、不太合群，就说人家是犹太人啊。

古尔德不是童子军的成员，他是个地道的英国人——上英国的教会，用得体的英语，经常在犹太教和天主教面前表现出优越感。

所以，古尔德是我们中的一员，并不是因为他更像一个基督徒，常常祈祷。不，这是不可能的，如果你想努力获得些同情心，那就要真的去做些努力，不能只是从文字中去理解其中的含义，尤其是在一些极端语境下，普通的人类视角也会倒退为不成熟的孩子的看法。总之，就像是托尔金笔下的咕噜，这种性格藏在这孩子的内心，扭曲而且变态——非常渴望被关注，这不正是我们所有人企图避免的性格的真实写照吗？

当我拥有了自己的孩子——亲爱的露丝——我便理解了这些天主教人所说的原罪。我亲爱的露丝，时不时就会化身成一个小恶魔——所有小孩子都这样。如果不是上帝给了他们天使一般的笑容，我一定会把他们从窗口丢出，然后希望熊孩子这个物种从此被消灭掉。

鬼鬼祟祟的，散发着恶臭的——这都是咕噜的代名词，其实所有的婴儿都是这样的，到处是屎尿，只对自己感兴趣，用天使的微笑引诱你，然后让大家爱他们，当微笑达不到目的时，他们就会开始大哭。

现在的很多孩子都知道托尔金，但是不如我那个年代多，他们的青少年时期是没有托尔金的，只不过当他们回顾以前的作品时才会发现托尔金。他们不在乎什么托尔金，反而更喜欢看什么小熊维尼之类的动画片。前些年一个澳大利亚团队把托尔金的作品作为电影拍出来之后，我的一个学生跟我说，这基本上就是一个游戏视频，无非就是长了一些，无聊了一些。

“这部电影就是不停地打仗，有些战争甚至是重复的，而且声音越来越大。”

我没看过这些电影，所以不明白他说的是什么意思。

“是这样，一开始呢，就是一个安定祥和的村落，生活着一群爱好和平的生物，然后忽然之间，他们的生存就受到了威胁。突然间，他们克服了这个危机，但等着他们的还有更大的威胁，然后他们再战胜这些困难！然后就是全剧终，再然后又拍两部续集，引来了更多的危机，于是成千上万的半兽人大军最终败给了哈比人。”

“听起来有点儿傻，不过大部分电影都这样。”

“你不认为这是一堂很不错的英文课吗？电影只是文学的一种温柔的外壳，这就像是一种赤裸裸的挑衅，你以为你了解了一部作品，但其实你的英文水平就像是一个黑暗旋涡，充满了无耻和对文学的冒犯。”

他还是太年轻了，看不出这个电影的内幕，不过他还是像一个智者似的在点头，就像一个喝多了的小无赖或者足球流氓一样。

大部分老年人都睡不好，他们很晚都睡不着，然后起来去吃烤吐司和果酱，再回床上去睡一小会儿，还会做梦。实际上，我们睡觉的

时间远比我们想的要多，比如每当苏西摇晃我，让我不要打呼噜的时候，我都以为自己是清醒的，只是在闭眼思考，然而实际上我睡着了。

“又打呼噜！”她说，“你就不能翻翻身吗？这可能会有帮助。”

我还有另一个问题，像是失眠的后遗症，这让我很难长时间保持清醒。在房间里溜达一会儿，喝了一杯红酒，然后我就会开始感到焦虑和烦躁，饭点儿就上床睡觉了，这时候比晚上睡觉更舒服，虽然我小睡的时候外面那该死的狗一直在叫。

卧室里非常闷热，空气中都是灰尘，又或者是些别的什么飘浮物？我很难分辨到底是什么。现在的我很难入睡，我实在是希望自己能睡着。我吃得很少，有时候还会吐，每天抽两支雪茄，让我感到晕眩和难受，睡觉前喝咖啡却不喝水。若再加上一杯红酒，简直是完美的失眠圣品。

我打开床头灯，并不是为了睡眠，当然不是——但是为了感受睡觉的气氛，我也开始做些无用功，进行一些睡前活动帮助睡眠。我向右边侧卧着，把埃及棉被单拉到自己的胸上，靠着鹅绒枕头，把自己的睡姿调整到最舒服、最完美的状态，让脖子完全放松，没有压力。慢慢呼吸，深深呼吸，让自己放松思绪。我躺在那儿，窗帘拉着，光线完全进不来，尝试让自己不去刻意想着要睡觉。可还是没有用，无论是冥想还是自慰都无法让我入睡。我翻到另外一边，但是这样我就能听到自己的心跳声，这让我很烦躁。我宁愿假装心脏不在那儿，哪怕有时候不在。

已经放了六天的红百合花，让我感到恶心，花在水里慢慢死去，生命在流逝。我就是想睡个小觉而已，就是简单放松一下，可是一切都让我觉得很烦恼。我吃了很多安眠药，至少足够我能睡上一小会儿吧?

一旦我开始思考，就会变得悲伤，除了思考我什么都做不了。在这样绝望的时间里，重读一些作品是最管用的，于是我接着看福尔摩斯的故事。现在，随便来个人朗读任意一个段落，我就能告诉他这是哪个故事。

这个故事很简单，像华生一样，我也觉得福尔摩斯很厉害，不是因为他强大的推理能力——他推理的时候有点儿做作又刻意，而是因为他强大的自信心和自我创造力。这本书我已经读得太熟了，然后药效发作了，书掉在了地上。

药物带来的睡眠感非常奇怪。一开始进入睡眠的时候我是清醒的，有点儿不对劲儿，我在想我是不是做噩梦了。但这不是噩梦，有人进来了。我现在动都动不了，被困在这里，我看着四周，寻找着可以防身的东西。在壁柜里有几个鞋架，里面放着鞋子，还有木质挂钩，没有高尔夫球杆或者枪。我完全处于没有防备的状态了。

不知道多少分钟过去了。老天保佑，只来了一个入侵者。希望他能意识到家里有人，然后及时悬崖勒马。我像个尸体一样躺在那儿，非常害怕，心跳得很快，感到非常绝望，像在袋子中的仓鼠。

上楼梯的声音让我的心跳几乎都停了。

我的钱包在床头桌上，感谢老天里面还有一百英镑。我还有一块卡地亚的手表和一些金器。希望这个入侵者能拿了这些东西就走，不要干傻事。

我想喊叫，我尝试着喊叫——“我知道你在那儿！我报警了！”但是我的声音都闷在喉咙里了，像一只青蛙拼命在叫。

我尝试着坐起来，让自己看起来不像个弱者，然后把毯子裹在身上。奇怪的是，我有想要梳头发的冲动，眼睛紧紧地盯着门把手。时间过去了，一秒两秒，几分钟。我觉得自己听到了轻微的脚步声，踩在厚厚的地毯上，发出闷闷的声音，接着门把手被转动了。

我只能感觉到自己的声音被麻痹，我小声嘟囔着：“我有钱，别伤害我！”

门被完全打开了。

“别这么害怕，”她的声音说，“是我啊，惊不惊喜？”

我一动不动地坐在那儿看着她走了进来，我的害怕立刻转变成了愤怒。

“蠢女人！”我掀开了毯子，闯进家里的歹人给我带来的恐惧感，像屋顶的雨水一样，瞬间便流光了。

“你闯进了我的房子，你差点儿把我吓死，你把这叫惊喜？你是不是有病？”

“我按了门铃，没人答应。这也不是半夜，现在才六点。我在走廊上喊你，你也没答应，所以我才上来的……”

我瞪着她。

“对不起，真的对不起！”她摆摆手，露出一副后悔的表情，眼泪在她眼睛里打转，“我知道了，”她边说边慢慢后退，“我去泡杯茶。”她轻轻地走了出去，试图让大家忘记刚才尴尬的一幕。

我穿着睡衣下床，在厨房看见她正在往茶壶里倒热水。

“你放下！赶紧离开！你怎么敢就这么进来？”

她有点儿鲁莽，或者太自信了。可现在的她看起来不再抱歉，也不再无语，居然笑了。她太自我了，也很骄傲。“我没有破门而入，这怎么可能呢，我配了一把你房子的钥匙。”

“走！”

“不。”她说着，边拿起茶壶和一小壶牛奶走到桌边，“坐下，我们谈谈。”

我没办法继续愤怒，自我安慰地啜了一口茶——我们英国人真是可悲，我们真是容易内疚，又爱解释。

“布荣雅，”我迟疑着说，压制住自己想去抓她的手的冲动，“我没有好好对待你，很抱歉。”

“没关系，挺好的，保加利亚大使馆让我带几个学生。现在每个星期四我可以做老师。”

“老师？你应该没有……”

她笑了：“傻了吧，不是英语，只是一点儿简单的化学和生物，给的钱还行。我很喜欢这个工作，估计我有一段时间不用做清洁工了，这样说来，还得谢谢你。”

“不是，”我说，“不是的，不是的，我得告诉你点儿事情……”

“嘘。”她站了起来，转到我身后，把手放在我的肩膀上轻轻地按摩着。这种丝绸般在我皮肤上摩擦的感觉，让我无比怀念。

“但是我知道。”

“什么？你知道什么？”

“什么都知道。你这个聪明人也是够笨的，”布荣雅接着说，“要不你现在回去继续睡觉？”

她顿了一下。

这都是我的错，我知道这都是我的错，已经无法挽回的错误。我们做老师的都有这种经历，总是觉得自己是高智商的、有教养的榜样，有文化，有教养，城里人。可是别人都想成为这样的人吗？或者想和这样的人为伍吗？

做老师最终会觉得遗憾。学生们都长大成人，但如果你和他们联系，就会发现他们一直在退步。我已经不是他们的老师了，也不会指望他们感激我，期待总是会让人失望又伤心。另外呢，那些读到的和听到的都是别人的生活经历——如果你能记录下来的话，每个人都不同，慢慢就会开始同情别人，而我不会。

当然我会回信给他们，但我也会很快把我们的友情扼杀掉。经过了一段时间的通信，我确定他们都了解我不想交流，也不想见面。感谢上帝，我本就没有什么朋友，更希望随着年龄的增长朋友能变得更少一些。我也不会把自己以前的学生当成自己的朋友，虽然他们也经常来看我。有时候我希望自己能教得更明白一点儿：你不可能靠着一个老师教的东西，获得职业生涯的成功。

但是我必须承认，看到这些孩子都成为什么样的人，也是很有意思的。一个男生——我从没教过他——艺术课得了A，然后选了另外两门课充数，后来他决定要成为一个现代派艺术家，并且他做到了。我对他的印象很模糊，他总是穿得像个艺术家——都是口袋的裤子、脏兮兮的围巾、皮夹克和靴子，留着长发，喜欢黑色，经常抽烟。最后他把自己的名字改成了S.瑞明顿，不是塞巴斯蒂安，也不是一些常见的名字。

他得A的那个项目，是一个建筑物模型，他用不同颜色的纸卷烟，组装出了学校的大楼和图书馆。本来他的意思是还要把这个建筑烧掉，可是校长不愿意这么做。不知道出于什么原因，学校一直保留了这个危险的烟卷制造品。据说他设计的初衷就是要把整个学校付之一炬，但他的作品还是得了A，老师也没有质疑领导们的决定。

后来他在建筑设计上小有成就。据我所知，在白教堂艺术馆，他作品的名字叫《七巧板》，那是一间放满了各种颜色纸盒子的屋子，来参观的人都可以在这里搭建自己喜欢的东西。就像蒙德里安的几何抽象画，只不过他这个更傻一点儿。据管理员说，这是个“非常聪明却又有点儿讽刺”的创意。这里的艺术没有规律可循，也没有作者想法或者艺术规则的控制。这里只是简单的不同颜色的方盒子的组合，没有必然的艺术的形状，只是一些可以移动的方盒子。你可以这样把它们放在一起，也可以那样把它们放在一起！完全可以随心所欲。每个人都是艺术家，每个人都有自己的艺术品。没有格式，没有内容，只有你自己组合出来的独特作品。

这可笑的作品给原作者带来了意想不到的结果，“S. 瑞明顿”这个名字变成了这作品的名字，然后他的名字很快被列入了英国年轻艺术家的行列。这群人吧，该做的事情不做，成天把东西粘在一起，做些奇怪的东西来自我满足（也不管好不好看）。这些人自己制定规则，或者说是“概念”，全部都是艺术学院的产物。那些十八岁的时候被鼓励去创作，可以抛弃那些过时的作品去表达自我，追求新想法、新概念的孩子，都是些没有经验的青少年，并且都比较以自我为中心，他们不知道从避孕套里能得到什么概念，也没有把自己的思想（如果他们有的话）体现在纸上或者画布上——他们只会在地板上涂鸦，在外太空幻想，或者在别的姑娘的闺房里做着行为艺术。还有翠西·艾敏和她那滑稽的“床”！她妈妈难道没教过她该怎么做吗？难道没教过她一夜疯狂过后该怎么收拾自己的床铺吗？难道再也没有被好好教育长大的艺术家了吗？

有个宴会邀请我，宴会上瑞明顿要做一个小小的演讲，然后大家还会被邀请完成自己的拼图作品，整个过程会被录下来。大家合力完成的不同作品，会在接下来的展览中展出，就在艺术馆后面那硕大的墙上。

我觉得这个是绝对可以避免的局面，于是我写了一个简短的纸条给 S，注明签名是 J，我告诉他我很遗憾无法出席这次宴会，没有任何进一步的解释和细节。可苏西居然决定要去，这让我感觉她一点儿都不顾及我的感受。

她应该是了解我的想法的，她的出席会让我感觉这是她对我的背叛，至少是一种挑衅。而真正的背叛出现在几个月之后，苏西在那晚创作的作品被她自己买下来了，又被送回了家里。

那时候苏西不在家，我打开了盒子，把那个鬼东西拿了出来，你想叫啥都可以。这个苏西创作的《瑞明顿》，是一幅画？一个雕塑？一个组装品？或者狗屎？实在不知道这算个什么类型，就跟原作者一样莫名其妙。苏西是自己完成的这个东西，但是如 S 所说，这个作品是通过合作一起完成的，他提供了形状、颜色、框架和思维。因此，S 总结道："创造艺术品，也可以是艺术家和参观者之间的对话，参观者也可以转变成艺术家本身，而艺术家的观察对作品有更重要的贡献。"

S. 瑞明顿显然认为"艺术家"这个名字可以用在任何人身上，也可以随时从任何人身上划掉。我不是很清楚他的话是什么意思，就像我不太明白 S. 瑞明顿这个人一样。

我讨厌电视，这特别愚蠢。但是偶尔有些脆弱的时候，我还是会打开看新闻看十分钟。就是在这样一个愚蠢的夜晚，我得知我们的首相，天晓得他叫什么名字，更换了内阁成员，并且有了一个新的教育部长。我就那样恶狠狠地盯着电视屏幕，新部长像一个大孩子，像古尔德一样的大孩子。

多么不可思议的生物，他看起来就像是海底巨婴，就是那种外表像个成年人，可内在却是一个孩子，一种违背自然规律而长大的生物，令人毛骨悚然，还有点儿令人担心。

再次确认一下，我们这个国家就是被这样一群毫无能力的大孩子所领导的吗?

为什么其他人看不到这一点呢?还是说，在政治界这事儿很常见，几乎所有的政客都是这样的嘴脸，以自我为中心，用自己貌似成年人的话语和外表迷惑大家，然后让别人认为自己有能力领导这个国家。想想此时此刻撒切尔夫人表现出的同情。那些想要竞选高官的人其实并不应该有一种对“官”的渴望。

还有古尔德，我对他接下来受到的教育表示担忧。

我收到了一封来自乔治的不太友好的邮件。本来我是不该让他联系到我的，这是我的失误。总之，他还是知道了怎么联系我。

所以今天我收到了这样一封信:

亲爱的:

请原谅我这么做，因为我相信有两个原因让我违反了你的初衷，让我在你跟整个世界告别之后，还来打扰你的清静。

我最近收到邮局寄来的——你应该也收到了，希望你没丢掉——一封来自下议院的信，信封是用火漆雕花密封的。邮递员虽然不情愿，可还是让我代签了，我跟他解释说你出国了。我必须打开才知道里面写的什么，我可以吗？你允许我打开吗？信是古尔德寄来的，他最近在政府谋了一个职位。我对这个孩子一直有一种潜在的尊重。不像他的同学，他一直是个有想法的孩子。当然他也是很淘气的，但是他并不是完全无理取闹或者笨的那种。有时候我被他反驳的时候，反而觉得有点儿意思。

我觉得现在我对他还是这种感觉——成年的他，你体会到了吗？我不知道你现在是怎么生活的，你切断了跟外界的一切联系吗？你不看新闻了吗？我们教育部的新秘书长公开挑选十个杰出人士来为他工作，他希望有这个荣幸也邀请你。

我认为你是不会回复他的，或者你告诉我，我可以告诉他你现在不能接受这份工作。这是第一个原因。

第二个我写信给你的原因则更为迫切，很抱歉我把事情搞得这么严重。几个月前，我们都应该收到露丝的信，她总是写上自己的地址，所以我知道是她寄来的，就没有丢掉。

我觉得这很让人心碎。我知道你已经与世隔绝了，很矛盾，也很困扰。但是你也许可以稍微给你女儿回一下信，或者给她点儿消息？你这样做，对她来说太残忍了，简直是一种惩罚。我知道你一直都很疼爱露丝的。你为什么要让她痛苦，为什么你们要彼此折磨？

我请求你回信给她，但是在你跟她解释的时候，稍微让你的理由充分一点儿，我对于你要离开的原因也始终不太明白。

原谅我这么说。

乔治

我很震惊，也很苦恼，关掉电脑，冷静思考了一下。我感到呼吸困难，却不知道为什么。我心跳加速，从跟长耳狗斗智斗勇之后就没出现过这么愤怒的情绪了。我战胜了那只狗，这次我也不打算退缩。我不会就这样屈服的。我不会容忍乔治对我的关注，任何人都不行。

包括我自己，我确实不会对自己感兴趣，我讨厌自己的愚蠢，这些东西都会让我分心，让我忽略应该做的事情——我在尝试减少自己对别人的影响。我需要做点儿什么了。

亲爱的乔治：

我很抱歉让你觉得非要打破我和你定下的规定。但是鉴于你已经这么做了，而且是用了一种如此温和的方式，那么下面就是我的回答。

写信告诉他们，我不需要那份工作。也许你可以代表我告诉他们，我的意思是艺术根本不应该进入高等教育领域。最好是教年轻人做生意，或者是至少学一样手艺。

把露丝的信丢掉。

再也不要给我写这样的信了。如果你为了这些烦琐的事情联系我，那么就请再也不要写信给我了。

詹姆斯

因为和清洁工上床而被拯救的男人！

我感兴趣吗？一点儿也不。

但我很高兴，我被抚摸了，最好的感觉就是一种窒息的愉悦。我还是激动地握住了她的手，过了一会儿，我便抑制住了这种冲动。如果放任不管，那牵手之后就是接吻，我当然记得这套流程，这种冲动会越来越强烈，我抑制住了。

我也许不会跟这个清洁工上床，老天爷不让我这么做！但是这确实是个欺负狗的美好夜晚，报复的方法就是给它更辣的东西吃。

更辣的东西？那需要找一找！我很喜欢网络，如果你跟我一样从整个世界退休，那就会发现在需要什么东西的时候，网络是多么重要。你在谷歌搜索“世界上最辣的辣酱”会有很多链接弹出来，我点开了一个“世界上最辣的十种辣酱”的界面，第三个看起来特别合我心意：

龙血辣椒酱，五百万斯高维。

斯高维是衡量辣的程度的单位，一九一二年由威布尔·斯高维发明出来，因此以他的名字命名。你能从辣椒素中获得的最高的辣度是一千六百万斯高维。

> 布莱尔一个收藏家有一瓶纯辣椒素的结晶体，能达到一千六百万斯高维，是人类已知的最辣程度，世界上再没有什么能更辣了。作为拥有这种限量版辣椒素的收藏人，这种一千六百万斯高维的收藏，制作出了不到九百九十九瓶的辣椒酱。

评论也很靠谱："我是回来评论的，我在兄弟会的时候，一个兄弟挑衅我，在我的舌头上滴了一滴这种辣椒酱。天！我感觉自己的嘴巴里有岩浆喷发了足足四十个日日夜夜！我的肠子里现在整个就是地狱！"

听起来很棒，只是我不喜欢兄弟会的人。不过这一瓶辣椒酱太少，价钱又太贵（二百四十五英镑），让我有点儿犹豫，仅仅是为了惩治那条坏狗就花这么多钱？但买最好的东西永远都是对的，我没有钱浪费在那种便宜货上。

我唯一害怕的是这种辣度可能不仅仅会给狗上一课，而且会弄伤它。这可是个比较致命的问题。要是这样就什么都学不到了。这不能算是一种惩罚，虽然有些人可能不承认。坐牢才是一种惩罚，贫穷、痛苦、绝望、孤独和拘禁才是惩罚。我应该把这种辣椒酱推荐给得州的监狱，这能让他们学到更多。

我下了订单之后的第六天，这个小瓶子寄到了，上面写了非常可怕的警告——千万不要过度使用，最好是不要用，千万不要沾到自己的皮肤上。

简直完美。就在当天晚上，我戴着两层手套，然后把这要命的玩意儿放到了牛排里面，上面涂上青辣椒酱，这样味道就跟长耳狗已经习惯的那种辣味一样了。

我把那坨炸弹丢到了距离狗很近的地方，它抑制不住兴奋，很快就靠近了那块牛排，就像是有人在吧台点了一杯血腥玛丽一样，它一口吞掉了那块肉，然后看向我的窗户，就坐在那儿，乖乖地充满期待。再来一块？这条傻狗。

过了一会儿，它开始感觉到了异样，感觉到了跟以往不同的味道，或者更糟糕的感觉。相信我，这一切很魔幻——它忽然像一只充满了气的气球一样飘了起来，你可以想象它在原地打转，然后发出粗鲁的叫声，接着它越走越远，声音越来越小，最后气球的气跑光了，它倒在了地上。

落地之后，它的四脚张开，趴在地上，造型模仿亨利先生放在保姆卧室的老虎皮地毯，当然如果保姆让他放的话。

可怜的狗，如果以前它能忍受的是五百斯高维的话，那现在它忽然承受了五千斯高维，而且这种辣还在不断上升。如果狗也会哀嚎的话，那它现在就是在哀嚎。

“闭嘴！你这蠢狗！”邻居喊了起来。长耳狗喊的声音很大，它的舌头长长地伸出那张狗嘴，努力地想要摆脱这种辣的感受，想要把这东西从喉咙里弄出来，像是一个打开了的下水管道，不停地呕吐。它像女妖（或者别的什么）一样惨叫着，像陀螺一样旋转，像在蹦床上一样上下跳动。

它的主人赶紧从屋里出来，光着膀子，手还在扣皮带。

“哦，我亲爱的，”他说，“你怎么了？”

我悄悄从窗帘后面往外瞄，哈哈，我如此幸灾乐祸。

第二幕

苏西

苏西是一个很优雅的人，身材完美，无可挑剔。她经常会被周期性的抑郁折磨，通常是因为她文思枯竭，又或者是文思泉涌。为了保持身体状态，搬到伦敦之后，她加入了网球女王俱乐部，接下来的几年里，她的技术不断提高，最终成了俱乐部的高级会员。不过人到中年，苏西变得越来越享受打网球，不再是为了保持身体健康，而是网球的技巧很吸引她。但俱乐部在高峰期是不接受单个玩家的，这也是让苏西认为我们国家没有好的网球运动员的原因之一。

一个下午，俱乐部组织男女混双，苏西被俱乐部安排和别人一起打球，就是随意搭配，搭着谁算谁。她搭配到的是一个肥胖的中年医生——劳伦斯·文博尔格，他曾经是剑桥大学的运动员，人很和善，很积极，打得也很好。他们组成了一对，然后变成了固定搭档。

我很快觉得他们在一起打球过于频繁了。很快，他——他们——就变成了苏西主要的话题，在这之前，苏西已经很长一段时间没有给我讲伦敦文学圈的八卦消息了，我曾经嘲笑他们文学圈：那些丢掉了工作而当编辑的，变成了出版人，然后开始出版别人的书，真是天杀的搞笑，也不知道他们之间是谁骗谁，哈哈。

苏西找更多的时间和借口，去找那个医生打网球，于是她开始常常不在家。医生不用上班吗？不用救死扶伤吗？每次苏西打完网球回来的时候，脸上都挂着胜利的笑容，回来得也很晚。洗个澡之后，来一杯红酒，她觉得人生变得尤其美好，可这本该是我给予苏西的感受，可是现在这个人不是我了。我觉得她应该给我一个合理的解释，我想知道为什么会发生这样的事情。

我怀疑苏西选择他，是因为他是个犹太人——胃口好，学历高，还过度自信——她觉得这样会激怒我。如果能把巴勒斯坦伊斯兰抵抗运动的海报挂在我的书房，或者是把《犹太贤士议定书》放到我的床头桌上，苏西可能会高兴一点儿吧？我时常也会很在意这种事情，但是无论如何我也不能谴责她，对不对？她是有一些风流韵事，可那又怎么样？我也有过啊，而且不止一次。对于第三者这种事情，人们往往喜欢小题大做。我们和劳伦斯，还有他大方得体的太太吃过一两次饭，每次我们都表现得很文明，很高雅，不过我最终还是结束了这种聚会。

我觉得如果只是床伴的话，一两年也就结束了，可是网球不是，网球可以一直继续下去。问题是，劳伦斯是个医生，他还会担心苏西的健康。我们都注意到苏西的体力变得越来越差了，还经常会咳嗽。苏西对此不以为意，她觉得人人都会生病，身体上的不完美并不能影响到她，这也不是她造成的，是器官自己出了毛病。如果苏西有一天病了，肯定不是身体上的，一定是精神上的。她越来越沙哑的声音，在她看来不过是抽烟带来的另一种性感，而不是什么病变的症状。

她不爱看医生，总认为医生都是令人讨厌又下流、弱不禁风的书呆子。但最终一位医生还是给她看了病，在她走下球场，刚刚赢了一场决胜局，打出了两个高球并扣杀拿分之后，在她站在椅子旁边喘着气的时候。

“坐下，”劳伦斯建议说，“你脸色发白，我不喜欢你现在的样子。”

“我没事儿，你快闭嘴吧。”苏西一边说，一边拉过一把椅子，猛地咳嗽着，用手绢捂住自己的嘴，“你们这些该死的医生，就会危言耸听。”

“你咳血了吗？”

“不，没有，什么都没有，没有。我只是咳嗽得太厉害，弄伤了喉咙才会出血。”

那天晚上，苏西接到了一个电话，然后她走出去接了，通常这种情况我就觉得是有什么事情发生了。但我还是选择不管不问，她从外面回到画室的时候，我也没有问她什么。

“是劳伦斯。”她说。

“哦，是吗？”

“他很担心我，他认为我需要去做一次体检。”

“我也这么认为啊，我说过很多次了，为什么你听他的，却不听我的？”

“你饶了我吧，这咱们是不是谈过？他是个大夫，他说如果我需要，可以帮我预约一次体检。”

“跟他吗？这有点儿太……”

“为什么？自己的朋友来做医生不合适吗？这不符合职业道德？”

“不合适！”

“又不只是对我这样。他是个医生，他用职业眼光去看每个人，他希望我去做一些体检，再拍一个 X 光胸片。”

出乎我意料的是，她第二天真的预约了医生，看样子她真的觉得自己有点儿不对劲儿了。

没时间整理我的教科书了，我们去了医院，苏西花了几个小时在切尔西和威斯敏斯特做检查，抽血，拍 X 光，做 CT，被护士戳戳按按的。这些检查苏西往常是不屑于做的，生完露丝之后就没这么做过检查了，而现在的她仍旧不喜欢这些检查。苏西对自己身体的掌控欲很强，就算要检查，她也希望能隔着毯子或者单子，不是因为她害羞，而是她就是不喜欢别人碰她的身体。她永远不会原谅露丝的接生护士，她也不再允许任何人接触她的身体，而这种抵触现在也会经常用在我身上。

劳伦斯的诊所在温波街上，他觉得自己很高明，没有选择哈利街，那里有很多忧郁的阿拉伯人。温波街的人更谨慎，因为整条街被医院的氛围渲染，左邻右舍都很包容，也很传统，就像住在切尔西比和骑士桥更好一样。令我吃惊的是，苏西居然让我陪她一起去，她害怕自己问出不该问的问题，或者忘记医生说的话。

一个中年前台，穿着剪裁得体的衣服，站在那儿接待我们，并让我们到等待区候着。等待区看起来就像一个没什么品位的有钱人的画室，里面有柔软的沙发、带垫子的椅子，墙上挂着毫无意义的风景画试图安慰病人，一沓报纸和杂志放在一旁。

苏西轻蔑地打量了一下四周的环境，端了咖啡和小饼干，抄起一本泰迪奥斌的新小说坐了下来，这些低劣的流行社会小说家是苏西最不齿的。“这些人写的东西就是一坨狗屎，”她又一次在评论上这么写道，“亨利·詹姆斯应该感到胆怯。”

劳伦斯出来见了我们，有个私人医生还是可以享受一些特殊照顾的，特别是他们之间还发生了一些风花雪月的事情。我对着他温和地招了招手，他给了苏西一个简短的拥抱，然后有人带我们穿过走廊，去到劳伦斯的诊室。他坐在桌子后面，没有说话，只是盯着电脑屏幕上的东西在看。

“很糟糕，是吗？”苏西问。

他马上抬头看向这里。他不喜欢被别人抢台词，也不允许他的病人或者朋友用他们自己的语言来预测。

“我不会说很糟糕。”

“那你怎么说？”

“我会说，有点儿问题，但是……”

“别玩文字游戏兜圈子了，什么问题？”

“组织切片显示，你肺里面长了个东西。”

我带着本子和笔，把这些东西记在了本子上。不然我们一定会忘记的！我在研究劳伦斯的西装夹克，他训练有素地坐在桌子后面，格外冷静。深蓝色的精纺毛料上面有淡淡的条纹，黑色的丝绸衬里，肩上还有垫肩（非常合身，不会太紧，也不会太松，刚刚好）。下面是发亮的乌木缩口，西装的领口设计显得他的身材有些粗壮。我打赌一百英镑，衣服口袋里面一定没有商标，或者其他什么小秘密。会不会是有名的裁缝，戈尔德斯格林的施耐德家？绝对不会。这件西服就像是他的温波街，不是萨维尔街的，又好像比萨维尔街要好，但是便宜一些。

苏西什么都没说，我又不太敢问。“一个东西？你说的是肿瘤吗？”

“是这样，很难说，身体里会长的东西很多，包括肿瘤。”

“那是恶性的吗？”

他微笑了一下：“我没说是肿瘤，但也是致癌的，我建议我们立刻开始治疗。”

我就这么写了点儿没啥用的笔记。

“现在呢，苏西，你想了解得更详细一点儿吗？”

“当然了。”我很高兴地接过话头，握着苏西的手，表现出控制一切的样子，尤其是当我看到劳伦斯脸上充满自信的优越感的时候。

他的衬衣是手工剪裁的，纯棉质地。也许是手工的，距离太远我看不清楚。如果他为了省下些铜板从香港订购了这么一打衬衣，我也是丝毫不会感到意外的。但是他的领带，可能是他身上唯一自己挑选的搭配，那个最能突显他身份和能力的搭配，确实是大大的失误。毋庸置疑，它价值不菲，我怀疑是杰尼亚的，但是上面的红色形状实在是太失误了，完全没有美感，也没有设计感，没有任何风格可言，就像意大利设计师通常设计的那样粗俗。

劳伦斯不停地在说，苏西看起来已经放空了。

“下周什么时候？”他看着电脑屏幕，改了点儿什么又继续看着我们，“切尔西和威斯敏斯特，可以吗？”

苏西点点头。

“我会把详细内容用邮件发给你。”

他停下来看着苏西，有点儿直接，还夹杂着点儿私人情绪：“要抱着希望。”

“哈！”苏西轻蔑一笑，“负负得正，你以为我要死了吗？”

劳伦斯自信地笑了：“当然是啊。”

我记了下来。

“但不是现在。我们有很多仪器，这些都会对你的癌症有帮助。你还有很多场网球比赛要打呢。”他微笑了一下，“我们。”

我们离开了他的办公室，来到了门口。劳伦斯站在我们中间（这是一个含义深刻的比喻），然后向我们伸出了手，表示安慰。

“再见，记得我告诉你的。”

“什么？”

“别去网上乱搜。”

“哦，我还是会回去搜的，再见。”

我们在温波街上慢慢走了几分钟，想着刚才的事儿。

“接下来呢？”我问。

“你说呢？你刚才没听吗？”

“正相反，我非常注意，他的领带丑得让我很震惊。”

她笑了，拉着我的胳膊：“有点儿糟糕。他太担心了，总想让事情按照他的意思来，但是凡事总有先兆，对不对？”

“对的。”

“不管了，咱们打电话到沃斯利餐厅订个位置吧，看看你能不能拦辆出租车。我想吃鱼子酱，喝香槟，然后吃完咱们回家做爱。”

这听起来很不对头，她通常都是说“滚床单”，虽然我们做的次数也不多。我意识到这种变化的时候，感到非常害怕。她觉得自己快要死了。

在餐厅，我告诉苏西我要退休了。

“很好啊。我这还给你找了个借口，让你可以离开那个你不喜欢的地方了，最起码这件事还有好的一面啊。”

她真的很勇敢，也很善解人意，我不喜欢这种感觉：“上帝保佑，亲爱的，不是因为你得了癌症我才退休的。”

“那是当然了，难道你自己不知道是因为什么吗？”

回家之后，按照苏西的说法，我们做了爱。然后我给校长写了一封辞职信。我觉得根本不需要跟他解释原因，事情远比苏西的身体状况要复杂，但这都跟他没关系。

我早几年就该这么做了。教师是一种很消耗精力的职业。那些孩子，聪明的、不太聪明的，听话的、不太听话的，最终都会变成一个样儿。这并不是因为经过几十年之后，大脑的记忆退化，让他们都变得差不多，而是因为我们学校的教育制度和传统、规则和结构、历史和故事，给了他们相似的文章和考试、一样的体育课和文化培养，创造出了同一种类型的学生，这就是大部分公立学校在做的事情。

最后，这种现实浇灭了所有人的热情，我就是这么个情况。有一段时间，我很抗拒这种退化，但是这个问题也从没有得到解决。有些时候，在大学的高级议会厅，一种很不现实的、不友好的印象会突然出现，也许不仅是议会厅，而是整座学校给了我这种感觉。就这样，我观察着一切，像是喝到了一杯恶心的咖啡，然后被一种温和但却不友好的方式解雇了，像一根胡萝卜一样被丢掉——而且是次等的，二手货。

我能感觉到自己在被驯化——虽然这种慢慢迟钝的感觉还是挺好的——很多人都这么说。这种驯化过程是通过小说和诗歌的主观感情，通过母亲刺耳的训诫，通过父亲发自内心的责骂。通常我会把这些废话过滤掉，所以最终的我比那些有争议的、不和谐的、刺耳的声音都要更甚一些，时常会让人觉得痛苦和不舒服。可如果我重新纠正的话，又有新的问题出现。

自我？算了吧。在老成的外表背后，总会藏着不为人知的一面，这一面和表现出来的是完全相反的，更自然，而且不会像是任何人。每个人都像是一个月亮，都会有阴暗面。

那些听过我教诲的男孩，最后可能都会恨我——像是所有的声音都有回音，又或者什么都没有一样。我用这些声音去影响他们，告诉他们这都是成长的一部分，这些甚至可能是危险的声音，会让他们成为一个个追求自我的艺术元素。

为什么这么说？为什么这种悲惨的哈姆雷特式独白，或者像愚蠢的华兹华斯躲在自己湖边阴暗的小屋里写出来的话，能被年轻人作为建议？他们从这里面能知道什么？读这些东西，他们的人生不会得到任何提升，也不会帮助他们做出选择，甚至不会使他们感到愉悦。文学是一件危险的东西，通过阅读，你能去定义自己，让自己成为一个有教养的人，可就像牙医的接待员一样，也能变得自以为伟大。

文学并没有传达或者解释我们的经历，而是取代了我们的感受。我早就应该教会他们如此，但是我当时真的不知道该这么做。

陷入沉思的我，感到懊悔。我想知道这些曾经无辜的孩子会不会原谅我，想知道他们有没有注意到这件事，我希望没有。

过往的生活方式，让苏西得了癌症。我想从阅读中得到安慰——

当生活乱得一团糟的时候，我要用智慧对苦难嗤之以鼻。但是，让我们面对现实吧，现实跟想法是两回事儿，在文学的海洋里遨游，也只不过是刚好能了解到别人的情绪和思想。你不需要去思考自己，只需要去挑选类似的感受，像是喜鹊收集的那些亮晶晶的小玩意儿一样，但其实是早已被别人丢弃的累赘。

没有上帝，所以我们有了文学，有了寓言和谚语，这里面有着贤者的智慧。我们引用那些文字，充满尊重，像在圣洁的避难所一样，屈服在智慧的脚下。但是就像上帝让我们失望一样，读书同样如此，我们会慢慢背离这些东西，走上另一条自以为是的正确道路。

没有任何人、任何东西能解释我们自己的生活，这不是什么神话，不是问题也不是难题，这根本毫无意义，也没有解决的方法。这只不过是我们的一厢情愿，或者只是希望自己能获得的那一丝丝好运气。

我飞快地翻阅着手里的书，放下叶芝和艾略特，重新拿起狄更斯。我再次惊讶于自己的失望，他们的文字因为缺乏练习而退化，重复使用的辞藻让文章特别无趣。我的阅读体验则是越了解文字中的情绪，就越感觉不到里面的力量。最终，所有的文字都会变成那些教诲，那些我们误以为能从中获得安慰和智慧的陈词滥调。

销毁掉我的心，它执迷于七情六欲，

捆绑在垂死的动物身上而不知！

它自己的本性……

错！大错特错！谁能告诉我有哪个诗人不是傻子的吗？不是死掉的动物，而是死掉的人类。人在弥留之际总是很糟糕，而动物倒下，却没有什么想要表现，或者小题大做的。《审判》中那个可怜的约瑟夫，那个像狗一样被处死的男人，他是很幸运的，能像条狗一样死掉。

有东西马上要杀死你了，可这有什么好害怕的呢？但是我们会害怕，会的，并且我们试着去理解这一切。可我不是那种轻信什么的人，也不够走运，从来不会从那些乱涂乱画中得到安慰。什么都没有，只有自己，别的什么都没有。

你能想象自己生活中的痛苦，可以通过艺术来发泄吗？不能。你心中的痛苦在纸上找不到出口，你弄在纸上的除了墨水，什么都不是。

苏西对自己治疗的细节完全没兴趣，也不管需要吃什么药，也不理会血液化验说明了什么，也不关心下一步该做什么治疗。很多事情都需要忍耐，带着恐惧去面对总是不太好的，况且恐惧的时间也很长。但苏西现在有了一个更为紧迫的问题。

“我的头发？”

“是的。”劳伦斯说得很肯定，但是在我听来居然还有一点儿渴望，好像他跟我一样爱苏西的头发。

“会掉光吗？”

“基本上。”

“全部吗？”

“是的，我很抱歉，这是……”

“我还能活多久？”

劳伦斯看起来很震惊，他觉得这个问题没什么意义。

“我真的不认为……”他开始说。

“在我头发掉光之前，我会死吗？”

“哦，对不起，一旦开始治疗，头发会掉得很快的，可能……”

“那样的话，”苏西说，“我要制订点儿计划了。”

劳伦斯做完了自己的事情，递给苏西一个清单，上面写着伦敦所有的顶级假发制造商，他们都声称假发是由真人的头发制成的——难不成还能是从牧羊犬身上扯下来的毛？这些残忍的生意都保证自己的假发做得最出众，可以征服所有挑剔的眼光。

我很快就同意了劳伦斯的计划，然后做预约。至少我得做些什么，也许这也能有点儿乐趣吧。是玛丽莲·梦露的假发，还是奥黛丽·赫本的？苏西很喜欢换发型，长发一年，短发一年；染成灰色，又染回来；一会儿挑染点儿金发，一会儿又加一点儿红褐色。

“不，我不需要。我讨厌戴着别人的头发，让我想到那可怜的女人，失去头发躲在窗帘后面，等着头发再次长出来。花钱买几个月的漂亮，我不需要。”

“但是，亲爱的，”我有点儿哀怨地说，“你会变成光头。”

“我别无选择，”她尖锐地说，“这是我自己的事儿。”

“那……”

“帽子！我有好多好看的帽子。你知道我戴帽子是很大胆的。我得找找我有什么好看的帽子，或者我应该去买些新的帽子。”

“好主意，”我同意道，“我们为什么不跟露丝商量一下，也许她会有好主意呢？”

“露丝？你在开玩笑？”

她是对的。跟露丝商量一下？我怎么会提出这么蠢的主意！

“你说得对，露丝曾让你穿得像帕丁顿熊。”

苏西停顿了一会儿，思考着这个问题，然后眼睛里忽然闪烁出一丝光芒，融化了她的恐惧和疲惫。

“哈哈，我的小天使，你太聪明了！”

“我做什么了？”

劳伦斯在桌子上猫下身子问：“是啊，他干什么了？”

“他刚说到了帕丁顿熊的帽子，会很时髦的！帽子下面露出光头，又搞笑又悲情，多有纪念意义！红色的！我还要买一顶棕色的！”

几周以来，我都没见过苏西这么高兴。弗洛伊德也不会知道女人想要什么吧，原来是帕丁顿熊的帽子！

苏西开始在网上搜，不过大多数的帽子是儿童的，幸运的是最终她还是找到了几顶。她头发掉了之后，便开始戴着帽子满镇乱逛——她能面对自己的时候戴着，在家不能面对自己的时候也戴着，有些人居然还开始模仿她，这很可爱，很流行，也很勇敢！有段时间经常能见到别人也这么戴帽子，不过这种流行，就像苏西一样，很快就过去了。

“我没有在抗癌，我只是在给自己加油，我的身体又没有被攻击，我只是得病了而已，这个说法太世俗了！”苏西抱怨道。

我们正面对着一场战争。我们整装待发，找到最好的将军和参谋，寻求一切增援，收集武器装备，蹲下祈求着胜利。而这场战争，残酷、武断、不可避免，令人筋疲力尽。

她开始读关于癌症和各种死亡的故事，勇敢的、吓人的、病变的、尖锐的、伤感的、不想伤感却又伤感的，还有漫长的告别。很快，她就想把它们全扔了，但是又没有力气。于是那些书便一本一本散落在地上，床边很快就充满了一些死气沉沉的故事。

“你能把这些扔了吗？”

“看够了？”

“他们是不是觉得得病就是为了写这些热点话题故事？为了写故事，必须得癌症！然后书就会卖得好！人们不得癌症，就不会知道这一切有多严重了，对吧？该死的，躺在这里看这些故事真的是太糟糕了！”

“但你并不打算写些什么，不是吗？”

“不！永远不。就算我还很闲，我也不会写一个字，我也不会再去看这样该死的故事打发时间。人们只是需要安慰，对不对？”

“每个人都想……”

她拿起一本床头柜上的书说：“你看一看这一段屁话！”

> 无论如何都会死，不如赤裸站在风中，融化在太阳里；无论如何都会停止呼吸，不如让自己从不停的呼吸中解放，追求上帝的真谛。

“可能这真的安慰了一些读者呢？”

“胡扯，我敢保证这个人写的时候已经很想死了！什么都安慰不了的。我不是基督徒，也不信佛，我是一个现代女性，我在这里，但是很快这个世界就没有我了。”

怎么办呢？有没有什么能做的？

很快，我的生活、我的原则和品位都倒在了废墟上，而我又不得不这样。

我买了一个超大屏的电视机，送货员花了三个半小时把电视送到了我家，拖进了我的屋子，声音刺耳。我躲在书房里，直到他敲门来确认他的工作——电视装在我们卧室的墙上，面对着床。我们的床设计得非常反重力，也很反艺术。

“电视安好了。六十英寸，非常大，非常漂亮，我都不经常安装这么大的电视。来，我告诉你怎么控制它。”

“复杂吗？”

“一点儿都不复杂，有一个天空台电视盒，只要一个遥控器，一切都很简单的。”

天空台！我从来没用过这种东西！我对这个一无所知。我不喜欢鲁伯特·默多克，而且我们很多朋友说到他的时候，都恶毒地说他是一个反基督徒。不过他确实设计了许多可以用来看电视的小程序，这是我们很反感的事情。艺术作品、自然纪录片、历史频道，时间就这么被消磨掉了。

电视盒？我还以为是棋盘。我发现里面居然有很多连续剧，还有许多苏西喜欢的戴维·阿滕伯勒拍的纪录片，《地球上的生命》也有。

我们并排躺在床上，手拉着手，床头桌上放着茶，躺在那儿看阿滕伯勒先生和他的旅行。

我整了整苏西的枕头，确认她能躺着舒服点儿。

“好看吗？亲爱的？”

“他会是一个很好的殡葬人。他的声音让人安心，尤其适合死人。”

不仅仅是电视，还有Kindle。为什么我要买那个？当然不了，如果我买了一部Kindle带进书房，那我的书岂不是就被侵犯了，我都能听到它们的尖叫，我不会允许这种事情发生。不过书是没有未来的，人们只是想要屏幕而已。我还是屈从了这种现代科技，但我确实不后悔，因为我确实需要。我可以坐着给苏西读上面的书，上面的光线刚好帮助我看清楚字，因为苏西喜欢蜷缩在黑暗中。

很难找到什么文字能吸引苏西的注意力。她厌倦了报纸，不能忍受愚蠢的杂志，对文学作品感到恶心，更对那些跟她毫无关系的人写的自传或者回忆录完全不感兴趣。

我开始尝试找些东西来让苏西高兴起来。

我们在牛津大学读大一的时候，加入了P.G.伍德豪斯社团，这个社团是为了“取悦成员”而存在的，然而却并没有达到这个效果，虽然P.G.伍德豪斯自己还在经营这个社团。我们阅读着他的书，在美好的假期里，在乡下小木屋中，在高雅的别墅里，在平静的旅馆，在微雨的日子，在炎热的午后。他是旅行的好伴侣，就像是一位令人愉悦的长辈一样。

于是我建议我们重温一下他的作品，看看是不是还能让我们愉快，或者是让苏西感到愉快，不过一开始她就深表怀疑。

“我可不能忍受一整本书。他的情节总是很搞笑，就像是最糟糕的卧室闹剧。给我念几段好玩儿的。你能帮我找到我过去喜欢的那一篇吗？那个关于评论家的？”

“是哪本书里的？”

“不是《夏日月光》，就是《卡斯伯特的醒悟》。”

“我看看啊，我记得这儿好像有什么文集……”

我开始上下翻阅寻找，在我曾经最喜欢的那篇出现之前，寻找的过程也让人充满了愉悦和幸福。我很喜欢伯蒂·伍斯特，还有吉福斯，现在是时候让他们复活了。

首先，伯蒂是一个犀利、易怒、桀骜不驯、充满自信，但却明显缺乏一点儿老派作风的人。接下来是吉福斯，他总是用停顿开始，他的声音那样充满磁性，善于运用恰如其分的讽刺来表达自己。我降低了自己的声音，这样听起来会更空灵，更夸张，这可是个技术活儿：

大自然的规律就是保持物种间的平衡，先生。

我满心期待会听到苏西的大笑，像在牛津看板球比赛时一样，可什么都没有发生。

苏西陷入思考，显得有些悲伤。

“你知道吗？不好笑了。我的上帝，我已经厌倦了P.G.伍德豪斯。”

“说实话，苏西，你这有点儿过分啊，他可不是个糟糕的作者，他是个有智慧的人。”

“他就是不好，他就会讽刺这、讽刺那，可怜的伯蒂·伍斯特！简直让人想揍他。还有那个让人不能忍的吉福斯，我肯定会把台灯砸到他脸上！”

“他会躲在楼梯下面的。”

“只有英国人会觉得这好笑，这根本什么都不是。我们真是太悲剧了。而且我们觉得美国人没有讽刺文化，就是因为他们不喜欢伍德豪斯？天啊！”

苏西的话让我震惊了。伍德豪斯真的很有用，他提醒我们那些愚蠢的事情，他的智慧可以帮我们从生活的苦难中解脱。没有什么比他的一句优美的句子更能慰藉人的心灵了。

“别读他的了。”苏西说，然后转到了另一边。我想帮她寻找快乐，却一无所获。

“亲爱的，要不我去给你买副耳机？听听音乐，就听你爱听的音乐，安安静静，不受打扰。”但是音乐也很快就失去了安慰功能。苏西觉得那些音乐都很吵闹，很烦心，就像是迎风的鼻子在喘着粗气。我觉得好像还是我没有找到合适的音乐，不是她的错，是我的音乐的错。我一度寄希望于我钟爱的贝多芬和巴赫，可如今他们也让我感到愤怒，让我觉得这些作曲家只是故意在乐器上进行一番敲打，然后强迫我们去聆听，去感动。

“你知道吗？我小时候，我们有一条最可爱的狗——波波，它是一条金毛猎犬，爸爸认为金毛很符合他在镇上的身份，但是我们的狗却表现得像一条哈巴狗。它最喜欢我了，因为我总是偷偷从桌子下面给它肉吃。他们告诉我不要这么做，可我还是会给它吃的。它跟我差不多大，我坐在舒服的椅子上的时候，它会趴在我的膝盖上。”苏西陷入了回忆，停顿了下来，眼睛湿湿的，“它是条很忠诚的狗，我走到哪儿，它跟到哪儿。我甚至还教会了它去捡我丢在花园里的玩具，再叼回我的房间。它会把玩具娃娃的零件一个一个地叼回来，特别温柔地叼起来，再放下。”

“好神奇。”

“一点儿也不神奇，它本来就是猎犬，它喜欢把东西捡回来，比起死野鸡来说，玩具娃娃还不是小菜一碟？但是可以说，我爸爸真的很喜欢狗。波波死了以后，我特别伤心，爸爸把我抱回床上，静静地躺倒在我身边。他什么都说不出来，这种情况一般不会发生在他身上，可是这次他只是静静地抱着我，一言不发。这真的是太有爱了，和他在一起的这段非常温馨的时光，几乎让我忘记了他平时是个多么糟糕的父亲。然后六个月以后，有一天我放学回家，看到家里有一条新的金毛小猎犬，爸爸还是什么都没说，只是给我们介绍了新的狗狗，就放任我们自己去玩儿了。"

"这有用吗？"

"当然有用，爱是可以被取代的，但是波波是我的第一只宠物，这是无法复制的。"

每次有宠物过来，我都会敬而远之。苏西拿我没办法，因为我真的不喜欢狗。

苏西喜欢带着狗去散步，随时准备好铲屎，然后将屎装进塑料袋，丢进公园的垃圾桶里。但是如果她病了，我还是不会做这些事情的。我觉得不带狗去散步，它也能像隔壁的狗一样就在院子里拉屎，然后苏西来清理就行了。她确实这么做了，但是非常不开心。

我小的时候从来没有养过宠物，我忍受不了这种流着口水，还喜欢到处跟着我的生物。我知道我说了很多次了，但就是想再强调一下。

"如果这个世界上真的有劣等生物，"苏西认为，"那也是人类，狗是可爱、忠诚、美丽的生物。这些品质你在人类身上很难找到了。"

可怜的波波是被一辆高速行驶的车轧死的。我不确定苏西是不是已经从失去波波的悲伤中恢复过来。她想起自己父母或者去世的朋友时，眼睛从来不会湿润，对于这些人她好像很冷漠，并不怎么悲伤，而对于波波，只要提起它，苏西仍然很难过。

“好吧，你还想被埋在牛津郡吗？我还挺惊讶你不接受火葬的说法。我想我会选择火化，我是一个有幽闭恐惧症的人，不适合墓地。”

“挫骨扬灰吗？不，我只是想安静地长眠。”

“这么一说，我还挺喜欢你在紫藤树下的，这是不是有点儿傻？我还可以来探望你。”

“不会是我了，那只不过就是一个埋葬我尸体的地方。”

“别，千万别这么说。”

劳伦斯准备告诉我到底怎么样了，以及什么时候会发生什么事情。我既害怕又需要他的到访，既厌恶又盼望着他的到来，就像是斯德哥尔摩症候群的患者一样。

他说得很冷酷。

“实话实说，我感觉现在的治疗都是自我安慰，我很怀疑这到底值不值得。她没几个月的时间了，我们可以稍微延长一点儿她的时间，但是这个费用……”

“你的意思是不治了，就让她慢慢等死？”我说这话时可能攻击性有些强，劳伦斯有点儿不高兴了。

“我是一个医生，我会给你我的建议，然后你们决定怎么做，苏西反正是告诉我她希望尽可能得到最恰当的治疗。”

“那副作用呢？苏西因为治疗非常不舒服，甚至比单纯的癌症还要不舒服。”

他耸了耸肩：“化疗就是这样的，我们希望通过化疗可以让她的肿瘤缩小四分之一，但是化疗的过程很痛苦，有些人的副作用要更强烈一些。铂化合物会让人有恶心呕吐的症状，不过有些药可以缓和这种症状，比如氟哌啶醇。”

我不是很确定，劳伦斯对于药物、副作用、血小板和所有癌症相关的介绍到底是不是出于尊重，或者只是尝试着安慰我，但我还是做了笔记。

他走了之后，我感到更糟。

“她脚上的火烧火燎的感觉，会影响她的睡眠，但这个不会消退。不过这对她来说应该不是大问题。”

“不，她认为这问题很大！”

“我可以开些更强效的安眠药给她。我更担心她的贫血，红细胞的减少让她容易疲劳，面色苍白，但是白细胞减少则更危险，得做些调整。她的免疫系统发育不良，绝对不要再让她出门了。”

事实上，她已经好几个星期没出门了，很显然苏西打算就这么在家里一直到死。

“而且你必须保证，来访者不能是感冒患者，或者感染过什么。”

这真是个好消息。要知道苏西得了癌症的消息扩散出去之后，一大批熟人和一小批朋友都想来做最后的告别。这让我觉得很火大，苏西觉得这些人都是看热闹的。没有人在苏西的床边能待超过二十分钟，当然也没人愿意。

“他们制造那种虚伪的轻声细语，假装的关心和小心翼翼，我都听不见他们说什么，就听见那窸窸窣窣的声音，这简直快要把我逼疯了。我不能忍受这种比我还要敏感的陪伴。我已经有你了，不需要更多这样的人了。”

每一个访客都会带来特别的知识和智慧的建议——化疗和药物显然是没用的，它们只会让你感到更糟！让你的身体中毒！不管苏西听不听，他们仍旧接着说下去——多吃生蔬菜！还有胡萝卜汁！维生素D！去布里斯托，不，去印度！冥想！微笑治疗法！

有一个来看苏西的人走后，我走进卧室发现她居然在咯咯地笑。

“你笑什么？”我问她。

“哦，”她说，“本杰明的文章，你知道的。”

我看起来一定一脸茫然。

“就是那个娶了梅德·玛丽安的本杰明。”

我实在不知道她说的是谁，只能假装出一副感兴趣的样子，就当作是我学校的同事。

“他有些建议，他花了很长时间才搞清楚这些东西，我就是觉得有些搞笑。你知道，就是那种恳求、逃避，对爱有过分需要的人，男人都这样。”

“我不知道，你继续说。”

“无所谓，他说他有一个很好的女性朋友发现了一种治疗癌症的不可思议的方法！我没让他说下去，突然之间，好像每个人都成了癌症奇迹的见证人，都变成了帮人受洗的神父——上帝会救赎每一个人！”

我转移开话题，毕竟这无非又是一个无聊的人而已。

从那以后，除了家人，谁都不能来探访了。从此就只有露丝可以来家里了，当然还有露丝的山姆。

目前还没有什么重大的危机出现，只是有一些小小的麻烦预示着苏西正在走向死亡。

我没有经历过死亡，连朋友去世这种经验也没有，我的父母死在澳大利亚一个不知道叫什么的沙漠里，和许多可怕的当地动物一起。他们甚至都没有通知我，他们应该是知道反正我也不会去。亨利先生是突然优雅地离世的，突然得让我都没反应过来。索非亚女士则是慢慢地逝去生命，可是她留下了故事，就好像她并没有离开。我觉得自己像一个行尸走肉，虽然这在我这个年纪来看是挺奇怪的。

苏西化疗的第一个月，她恳求露丝不要来，但是当她慢慢从治疗中恢复之后，她又希望更多的陪伴，但是不是我的陪伴——这可真叫人失望，但也是解脱。

“我们聊聊吃的？”

劳伦斯打断了我，我很快起身。劳伦斯总是需要吃的。在他自己家里，时不时就要到冰箱那儿去晃一圈，然后如饥似渴地寻找着腌黄瓜。

“不好意思啊，我应该招待你点儿什么，这都快到晚饭的时间了，对吧？至少让我给你泡杯茶，拿块烤面包吧？我自己做了很好吃的塞利维亚橘子果酱。”

“不用了，不过能不能再给我来点儿红酒？”

他不太懂红酒。

“啊，好的。这是新西兰葡萄酒，奥塔哥中部，你知道的，他们做……”

他把自己的玻璃杯递给了我。

“当然，不过我是说苏西的饮食现在要特别小心，吃得简单一点儿，不能吃生的。她的饮食现在合理吗？”

“越吃越少。她早上喜欢喝粥，我推荐了麦卢卡蜂蜜给她，说是这东西对身体好。”

劳伦斯显得不感兴趣。

“有时候她会吃一小块烤鱼，还有蔬菜。”

“那很好。但是我也很担心你。你看起来很憔悴。我觉得你是不是也应该去看下医生？”

“不用，我挺好的。”

“可能你现在还挺好的，但是你必须保持好状态。事情会越来越难，苏西会需要专业护理的。”

“你知道苏西是怎么看待医院的，她绝对不去医院住，她说要是住院的话还不如直接杀死她！”

他笑了笑：“我是说你可以请私人看护。我可以给你推荐一个不错的公司。”

“目前我还能搞定。”

他举起手抱着膀子：“她跟我说，自从吃了治疗贫血的药之后，她恶心呕吐的情况就更严重了。培美曲塞对这个可能有帮助，但是也有不小的副作用。”

“副作用已经发生了。”

“唉，你不能把一切都揽在身上。护士可以来帮助她服药，可以帮她喂饭，洗澡换衣服，这样你就能轻松一点儿，也就几个小时而已，要不先试试？”

苏西经常感到恶心呕吐，有时候来不及跑进厕所。反胃这种东西还会传染，每次我看她吐，我也想吐。苏西已经不想，或者更中肯点儿，已经不能清理自己的呕吐物了，那我就必须清理。我能感觉到苏西那种逃避之后的冷漠和满意，就像一个年轻的父亲，而我现在需要帮她收拾这些烂摊子，就像一个老妈子。

大多数时候，对于苏西的房间，什么空气清新剂之类的都无济于事，味道很难闻。我们都想清洁一下房间，她想，我也想。我会洗床单，清理地毯，清理苏西，甚至清理自己，但我们还是乱成一锅粥，劳伦斯是对的，我们需要更多的人手。

“下星期再见了，谢谢你的红酒。”劳伦斯站起来，调整了一下自己的夹克，又在镜子前正了正领带，然后转向我。真丝领带是暗红色的，上面有蓝色条纹，跟他的羊毛灰色夹克衫很配，暗色系让这条领带看起来完全不落俗套。

他知道我在办公室里打量了他的领带！我没有特意穿什么来迎接他，但是他这么做了，这实在是太吓人了。

“我自己出去就行了，你赶紧休息吧。”他轻轻地关上了门。

我赶紧上楼去看苏西，她被劳伦斯的检查和问询累得够呛，还被半麻醉了躺在床上。

“亲爱的，你看到他的领带了吗？”

苏西睁开眼睛。

“他想要迎合你，想要得到你的认可，这个可怜的家伙。”

一个早晨，苏西躺在床上，闭着眼睛哭了。没有任何抽搐和呜咽，就是眼泪静静地顺着她的脸颊流了下来，她的脸像湖中的石头一样微微发亮。我握住她没什么反应的手，但是她的眼泪还是止不住地流了下来，滴在地上。接下来的一天，她什么都不说，不吃不喝，一

动不动，我以为她睡着了。她就是一直在哭，一直在哭，哭得床单、被罩都湿了，我就在上面垫上了毛巾。然后晚上她不哭了，艰难地翻了个身，睡了十五个小时，这是她最后一次哭泣。

她醒来的时候，情绪复杂，再也哭不出来了。在我的帮助下，她忽然有了力气，坐了起来。

“我觉得很对不起谢拉。”

“什么意思，谁是谢拉？”

“我希望我能写信给她。”

“为什么啊？写什么？”

“她只是想要做得好些。他们都是——纪·哈·纪伯伦、托翁，还有艾略特，他们所有人，都在黑暗中行走，需要获得哪怕一点点的光明。”

“但是我以为我们……”

“我也是。我想我要保护他们，我需要保护他们。”

我对这次变化非常警惕，我的苏西，一个愤世嫉俗、不屈不挠的怀疑论者，现在正打算要做临终前的改变？

接着她发出一种介乎叹息和抱怨之间的声音：“无聊！够了！不管怎么样，我竟然会有这样一种可怕的顿悟。”

“别想了，亲爱的，这可能是因为你吃了药。顿悟总是让我感到害怕和沮丧。我吃了一个星期的泻药才让那些顿悟离开我的身体。”

“是关于我父亲的……”

“我没什么要说的了。”

“我现在意识到我跟我父亲是多么相似了。”

“你父亲？”

“他是个悲伤、没有安全感，但又非常努力的人，因为别人满足不了自己而只能自我满足。我跟他简直是一模一样，他就是我的模板。”

“亲爱的，我觉得你应该喝杯水，然后小睡一下，你在说胡话呢。”

“我希望我是在说胡话，我不知道，我不知道了。我以前是知道的，可我已经不记得了。”

“我可怜的苏西，我不知道你是怎么忍受这些的，我们怎么才能……”

“我再也不是我了。”

“因为别人对你的态度变了？”

“我根本不在乎别人怎么对我，再也不在乎了。我说我不是我了，是因为我从里到外都在流逝，就像是被丢掉的西瓜皮一样。”

她虚弱地握住我的手，我却想要逃离。

“让我给你拿点儿冰片，马上回来。”

苏西尽可能想让我能舒服点儿。她吃得少，睡得也少，总给我机会让我去喘口气。我给她泡杯茶，她也就只喝一小口，然后又让我把茶拿到楼下去，省得茶放在这里坏掉。

“这是什么感觉？一切都不见了。我不能说话，不能吃饭喝水，不能上厕所，毫无生活质量，我现在就想死掉。”

我放了几片冰片到她嘴巴里。她的舌头非常干燥粗糙，口腔角落里还有些溃疡。我轻轻地用湿纸巾帮她擦拭着，她躲开了。

“对不起。”

“如果上帝……”

“什么，如果上帝什么？”

“如果真的有魔鬼，希望他会来带走我。把灯关了吧。”

我手伸向台灯。

“别！别关灯！我怕黑。别离开我，我不是说关灯，我是说我自己。”

“你是说上帝要关掉你？”

“是的，请上帝仁慈，带我走吧，就对我仁慈一次吧。”

我抓住她的手，“亲爱的……很快了……”我哽咽着告诉她。

她用力摩擦着我的手：“已经太久了，我已经准备好了，但是我的细胞却不愿意死。”

“我打算让她再做一次扫描。她背部的情况这么严重，可能是因为不运动或者是癌症的并发症，但这些都是次要的。我怀疑肿瘤转移到了她的脊柱上。”

“最糟糕的情况会是怎么样？”

“会怎样？她倒是不会很快死去，但是会越来越痛苦。”

“你这是委婉的说法吗？”

“是的。”

他喝了一大口红酒，在自己嘴巴里搅弄着，这让我感到非常不舒服。他又喝了一大口，已经是第三杯了。

“疼痛可以解决，我们现在已经有比较好的治疗方法了。”

“那为什么要再扫描一次？就算你发现了什么，还是没什么用啊。为什么要让她再去一次医院，再去承受一次痛苦？”

“我的责任是告诉你能做什么，而且在医院才能给病人最好的缓解和治疗，但是苏西不同意。”

苏西坚持要加大止疼片的用量，这样她就能长时间处于昏睡状态。

“我想再坚持一下。”苏西硬撑着疼痛，直到背部的疼痛让她无法忍受，才要求吃止疼药缓解一下。

备受折磨的，苦恼的，疼痛的，严重的，紧张的，残酷的，猛烈的，灼热的，刺痛的，愤怒的，悲痛的，痛苦的，剧烈的，可怕的，不能忍受的。

“你能不能给她点儿药，让她好受点儿或者让她解脱？”

“对不起，我不能这么做，绝对不能，没有人可以。”

“为什么不？我们都知道医生经常这么做啊。”

“以前是。”

“那为什么现在不行了？为什么？”

“因为网络。”

“什么意思？我没听懂。”

“嗯，因为公共媒体，你懂的。”

“我当然不懂！”

“好吧，”他说，“事情是这样的，你为了帮助病人，加大了药量，然后就会有人写报道曝光这种行为，然后上传到社交媒体上。接下来你就会有危机和痛苦。”

“我？没关系，我很乐意冒这个险。”

“不是你，是我。我看到过有人在评价医生的网站上，感谢帮他们的亲人做安乐死的医生。”

“然后你不愿意帮助我们？”

“我不能！我不像你，我会被千夫所指的，如果我这么做了，那面临的可不仅仅是被起诉。”

“看着我。我看起来像是那种大嘴巴的人吗？露丝像吗？”

“不，当然不像。但是纸是包不住火的。”

“你是说你不相信我们？”

“不，绝对不是这个意思。我很抱歉让你这么认为。我是说我不相信任何人，包括我自己。我真的很抱歉，但这就是我们生活的世界。没有人有隐私，我们再也不能像以前一样随心所欲地做任何事情了。”

他在椅子里不太舒服地动了动。他只是在抱怨，对这个世界感到有些绝望，这不是很适合他这样的人。我重新认识了这个人，这个人也很脆弱，上帝啊，他为什么会这样？

“你有没有良心啊？我以为你还是关心她的。你帮帮她，帮帮我们！我不会在那儿，我不会看的！”

“对不起，我当然在乎她，我关心……”

“求求你。”

“我说了不行。我可以帮她，我可以给她加大止疼片和镇静剂的用量。她大多数时间都会睡着。很多人在死的时候都是没有意识的，合适的药量也可以帮她暂时解脱一下。”

“可药劲儿过了之后，她又会开始祈求解脱！”

“我可以帮她，但是我不能让自己成为杀她的凶手。”

我很愤怒，很绝望，一切都越来越糟。劳伦斯是唯一能帮我们的人，但也是让我们感到痛苦和绝望的人。如果我哄骗他，他会很容易拒绝我；如果我攻击他，他就更会拒绝我了。有那么一瞬间，我对劳伦斯充满了滔天的怨恨。

“这种时候很难感受这么多细节。我很惊讶……”他唐突地把手举起来，“我不是说这不道德，并不是这个意思，我觉得最后的时候这并不是不道德的，但不能是现在。现在做这个太傻了，太轻率了。要有耐心，你知道弗洛伊德……”

我觉得很害怕：“你举错例子了，苏西非常讨厌弗洛伊德。”

“别说了，詹姆斯！我不能接受你这么说！”

“笑话。”

他直直地盯着我：“我想我该走了。”

“原谅我吧！我不想要什么笑话，我只是想要致死剂量的吗啡。”

“那不是我的事儿。”他说。

“答应我。”

“什么，亲爱的？”

她的声音听起来昏昏沉沉，一次只能说一个句子，而且都是短的句子。她停下来，呼吸，痛苦费力地喘着气，想要使劲儿把空气吸进肺里。试一次，再试一次。

“别让我去医院。”

“我保证。”

“我讨厌医院，我宁愿死在家里。”

她揉着我的手：“还有一件事，请你……”

我弯下身体仔细听，搂住她的肩膀：“我在听，你说？”

她又停下来攒了攒力气，使劲儿呼吸：“露丝……”

“嗯，露丝怎么了？”

“让她离我们远点儿，从现在开始。”

“为什么，亲爱的？她想陪着你，她爱你啊。”

苏西闭上了眼睛，试图理解这一切。“我想教会她……”她停下来，“你知道吗？你知道怎么做吗？”

“做什么，亲爱的？”

“怎么面对死亡，死亡是一种恩赐。”

“可这是你要教她的，你一直都是个勇敢的人，她来的时候，我听到你们的笑声，就知道你们很开心。”

她咳嗽了几声，尝试着坐起来，狠狠地盯着我：“我不勇敢，我现在很害怕，我很疼，让她离我远点儿。”

“我知道了，我会努力做到的。”

她闭上了眼睛，头深深埋在了枕头里，整个人陷进去像是被寿衣包裹着。

我打开窗户，但我们的味道还是残留在房间里。

“主啊，”她非常虚弱，“是我。”

“别担心。”

“我，我很抱歉。”

有一个下午，她的房间里传出有人踱步的声音，是护士在走来走去。苏西大出血——到处都是，身上，床单上，地毯上。她喘着气，嗓子里像是卡了东西，她的眼睛已经完全翻白了，血还在继续流。护士把她翻了个身，伸手去拿她的手机。

“我打电话叫救护车。”护士说。

苏西猛烈地摇头。

“不，”我说，“别打。”

苏西倒在自己的血泊里，她的睡衣就像一只饿死的鸟身上那发油光的羽毛。我陷入了可怕的沉默，害怕而又感到遗憾，我一句话也说不出来，我所有的反应都被冻结，我感觉到自己的人性在颤抖。我找不到能形容自己情绪的词语，害怕？恐惧？震惊？悲痛？可它们中的任何一个，都让我觉得不合适，我什么都感觉不到了。这种感觉和爱一样，不可言语。

没什么好说的。我真的不习惯这样子。我曾经用毕生的经历来说、来写，直到那些经历都消失。

我们每天生活中的情绪化实在是荒谬得很，我们的感情被过度强烈的反应夸大了，变得不再是小小的不开心、小小的难过，而是无比强烈的难过和悲伤。所有的一切都被夸张，被拉伸，被变得不自然，当某些瞬间到来时，很多语言失去了本来的功能，“悲剧般的天气”“亲家来探望也是一种灾难”“当英格兰输掉了比赛我感到悲伤”“她弄破了新的裙子，悲伤得不能自已”……我究竟要用哪种语言，要怎么表达现在的我看着自己的妻子鲜血直流，正在死去？这太可怕了，眼前的这一幕让我感到震惊。

现在最好就是什么都不要说，什么都不要写。如果说不出话，那就只能保持安静。一战中最聪明的士兵就是这么做的，然后他变成了学校校长，教别的孩子。而最好的士兵就该是守口如瓶，从战争中回到家里，什么都别说，如果他们真的想说些关于战争的东西，那就给大家一些只言片语，表达一言难尽就可以了。这些东西都只可意会不可言传，唯一能传达战争的残忍和深度的词汇不过也就是些地名罢了，索姆河、加里波利、奥斯维辛。

苏西正在慢慢死去，她一直处于睡眠状态。我坐在床边写东西。整个世界很安静，连我写下的文字都充满了寂寥，它们从寂静中产生，然后沉淀为更深的寂静。

我身体往前倾了倾，我真的帮不了苏西。她的喉咙里发出“咯咯”的声音，努力想要把嗓子里的痰吐出来。她在窒息，肺部充满了液体。护士帮她清理了一下肺部的液体，可是很快又充满了。我坐在她的身边，听着，哭着，祈求着希望和安慰。如果戴上耳机就能隔绝这一切，那我将会毫不犹豫地那么做。然而，我努力地在找其他的事情来做，来转移注意力。

苏西已经成了一堆即将腐烂的内脏。喉咙里传出的声音仿佛是她在呼吸最后一口空气。她就要去世了，挣扎着要留下最后的话了。

“对不起，我已经很努力了……”

有什么后悔的？或者有很多后悔的？但肯定不是对那些曾经被苏西诟病过的经典而后悔吧？不，绝对不可能，不可能。这不是苏西，苏西的灵魂也不会这么做。

她连入睡都很困难了，只能在药物起作用的时候闭会儿眼睛。苏西的脸色灰白，像是涂了很厚的一层粉，没有任何生气和希望，定格着可怕的安宁，一动不动。

她快死了。如果她还能认出我和露丝，那也只是身体有着微弱的反应，她本人是没有任何反应的，她什么也听不见。光从她的眼睛里漏出来，她却什么也看不见。一切重要的事情，波波、露丝、我们在一起的这么多年、她尝试记录下来的生命中的每一个瞬间，那些开心的、悲伤的瞬间，一切都过去了，像梦一样，都消失了，那些曾经鲜活的记忆，正在飞快地褪去颜色。

她已经身在别处了，肯定身在别处了，那个她即将回去的地方。她只身前往黑暗，不管这黑暗是她自己选择的，还是被逼无奈的，这并没有什么太大的差别。有几个瞬间，苏西好像醒了过来，但是很快意识又流走了，剩下的就只有一动不动的她，还有她飞快流逝的生命。

我害怕苏西就这么死掉，我坐在她身旁，想要温暖她，多一点，再多一点，可我又希望她死去。我觉得这两种感觉很相似——这么说是不是更合适？就是和这个世界隔绝。

护士和我说话，我也没反应，我也没什么话跟露丝说，接下来的两天里，我谁都不理。

露丝说苏西快要走的时候，她可以跟单位请假，然后搬过来陪我住上几天。但是劳伦斯告诉我们，还有时间，苏西不会这么快就去世的。

仅仅是为了呼吸一口气，苏西也备受折磨，与此同时，我也很受罪。看着她连呼吸都如此困难，我没办法，我只能用爱和宽慰来帮助她。我能做的都做了，不过都是一些小事儿，给她添些衣服，拿点儿冰，弄弄枕头，或者是帮她挪挪身子，当然是在她吃了大量的药之后。我拉上窗帘，只留一盏角落里的小灯，露丝做噩梦的时候我也这么做。

在一个美好的下午过后，晚上我给苏西泡了一杯热茶，里面还放了蜂蜜，插上吸管给她喝，她已经渐渐习惯了这种甜味，这对她的身体和药物副作用都有好处。她慢慢地、一点一点地把茶都喝了，然后又倒下睡了。她的身体很放松，至少从疾病中解脱了一会儿，有几个瞬间我仿佛看到了那个年轻美丽的苏西，没有病痛，没有折磨。

晚安，我亲爱的，好好睡。

我坐在她身边，握住她的手。她慢慢滑了下去，我也是。

我们就是一坨肉身，活着，死去。在死的那一刻，我们体内就只剩下了气体，如果有什么还留在我们的肾脏或者肠道里，那也只有空气而已。

而这，就是你的灵魂。

此时我跟苏西坐着，跟苏西的身体坐着，我希望能记起我们的过去，但是那些画面都是灰色的，都是干巴巴的，只有苏西是活生生的，其他的都死气沉沉。不久以前，她还是一个活生生的人，她喜欢多塞特郡的螃蟹，喜欢威尔士的村庄，还有她爱的女儿。苏西总是因为丁点儿好玩儿的事情就笑到眼泪都流出来，然而现在她就只剩下这一副正在腐败的尸体，剩下可怕的安静。一个人就这样逝去吗？苏西现在就是在渐渐失去自己的生命。我试图拉住她，但是当我看着她的时候，却清楚地意识到，这不是她，已经不是她了。

上帝啊，你能怜悯一下苏西吗？

几个小时后，露丝来了，然后我们打电话给劳伦斯。他很快也到了，站在苏西的床边握住她干枯的手，站在那儿温暖地看着她，点着头，像是在跟自己点头。

“嗯……”他说着，坐在了床边的椅子上，头埋在手里，擦了擦鼻涕和眼泪。我站在屋子里的角落看着他，妒忌着他的慷慨大方。我想哭却哭不出来，我的妻子一直是个不爱哭的人。

我们坐在一起，半天都没人说话。时间在安静中一分一秒地过去，可能已经过去很久很久了吧？时间仿佛暂停了一样，我们都淹没在无尽的安静中。没什么可做的，也没什么可说的。

劳伦斯露出专业的同情。他曾经爱过苏西，但是他对她的忽然去世感到彷徨。

“现在这很难说，”他说，“就像我告诉你的一样，我认为她还有好几周的时间，身体系统整个垮掉也是需要时间的。”

露丝坐在她妈妈的床边，我们所有人都盯着苏西。

“但是你也说过，”露丝说，“妈妈随时都有可能……”

“是的，但是我也很想知道……”

“而且你对我们这么好。我知道妈妈很在乎你的，她觉得和你在一起很安心。”露丝也知道苏西喜欢劳伦斯，这个老东西。

“收殓的人和尸检的人会来处理后事，然后告诉我们结果。”

露丝哭了起来，拉住了劳伦斯的手。

“亲爱的劳伦斯，请你别这么做。我妈妈已经太受罪了。我不能想象有人在她的尸体上开刀，这太可怕了！为什么要这么做呢？她已经死了，如果能就这么死掉对她来说也是一种幸运，对吗？”

我注意到，劳伦斯一直抓着露丝的手没放开。

露丝用力握了握他的手，他露出欣慰的愉悦。

“我们不想就这么放任不管，”她说，“我们希望妈妈能安息。”

他考虑了一下：“我能理解，那就打电话到丧葬公司，让他们来服务殓葬吧，你有什么知道的公司吗？”

“是的，”露丝说，“我给他们打电话，葬礼会在牛津郡，我希望你也能来送妈妈最后一程。”

“别担心，先生。”一个殡仪馆的粗粗壮壮的人说。他穿着一件发亮的黑色西装，袖口有磨损，这件衣服十年前也许很合适他，可是现在大腹便便的他让这件西服看起来太紧绷了。他可能被要求把外套扣好，可这不仅仅不好看，而且很影响他的工作，甚至不安全，因为他衣服太紧，连胳膊好像都抬不起来。

我站在他前面的楼梯上，随时准备在他跌下去的时候扶他一把，或者在苏西的尸体从担架上滑落的时候，接住苏西，免得她砸向地板，滚到走廊下面去。

他倒着往下走，喘着粗气，这也让他上面的同事很难受，因为上面的人需要把身体弯得很低来迁就他的高度，要按他的姿势来一步一步往下走，不能踩空，还要保证整个担架尽量水平。半天了，苏西的尸体被固定在担架上，几乎没怎么挪动。

楼梯上面，露丝在帮最上面的人稳住担架，那家伙弯得更狠，从上面传来了喘气和哭泣的声音。

每隔两步我们就停一会儿，然后小声跟彼此说“放轻松”“别着急”。等我们终于把担架抬到了走廊上，把担架底部的轮子展开时，尸体才算在担架上得到了安息。

“看，还不是太糟，对不对？”刚才在下面抬的那个男人用手扶着膝盖弯了弯腰，另外两个人停了一会儿，喘匀了气，或者他们只是在等着我给小费。露丝静静地站在她妈妈身边，手轻轻地搭在苏西的肩头上。

过了一会儿——我真的很难计算有多长时间，大门打开了，他们把担架推了出去，然后装上了殡仪馆的车，关上了车门，接着是一些毫无意义的感谢和安慰。车从马路边开走，汇入了车流中，苏西就这样开始了她的最后一段旅程。

我们站在门口，轻轻地拉着彼此的手，看着那辆车就这么越开越远，变得越来越小，直到被一辆大卡车挡住了车尾灯，我们就再也看不到那辆车了。可我们仍旧抻着脖子看了很久很久，仔细想要寻找着黑暗中那闪烁的车灯，可那一束灯光终究还是消失了。

第三幕

丈夫　父亲　外公

可能我一开始就打错了电话。接电话的是一个傻小子，我问他为什么他们竟然连一个单词的拼写都能搞错。

他不明白。为什么他会明白？可能从来没人咨询过这个问题。可能从来没有人像我这么在乎，Europcar 租车公司的名字里是不是多拼或者少拼了一个“e”。我一年级的时候，同学给我起外号叫“小黑”，后来直接变成了“黑人”，这个名字一直困扰到我十一岁。后来我转去了温彻斯特，结果这外号又出现了，最后我管自己叫詹姆斯。嗯，达克，詹姆斯·达克。

“Europe”里面是有一个字母“e”结尾的。为什么要把它省略，在后面直接加上“car”？为什么要给你的客人传递一种错误的拼写信息？

“对不起，先生，有什么可以帮您的？”

“够呛。”

“您需要租车吗？”

“再也不想了。”

我挂掉了电话。我打电话到这个少个“e”的公司租车，就是因为这家公司可以帮你把车开到你家门口，然后还的时候他们再来开走。而且他们会让你选择一辆“酷炫”的宝马或者奔驰，我希望的那种，也许车窗还带有颜色。但是我从来没有足够的耐心问到这一步。

也许我还没有准备好要出门？或许是我以为我想要出门？我确实需要出门，但是如果这个荒谬得连名字都拼错的公司正在拖慢我出门的节奏，那就说明上天在阻止我出门。

我已经八个月没出过门了。一个早晨，我勇敢地打开了通往花园的后门，把一只脚放在外面坚硬冰冷的地上，阳光的照射让我睁不开眼睛，这种与外界的再一次接触让我上不来气。其实我也没有怎么接触外界，花园被墙围住，以防我被别人看到，但我还是感觉很容易受到伤害。如果他们谁的窗户后面站着一个偷窥者，他耐心地等着我迈出家门，然后企图过来攻击我呢？

我看了看周围，新的生命呼之欲出。现在是——我很难意识到现在已经是春天了，可能是五月？水仙花亭亭玉立在草丛中，亮粉色和橘黄色的迎春花在树荫下迎风招展，紫色的丁香花也绽放着美丽，生机勃勃地昭示着生命不息。可我看着它们，却感到它们在残忍尖锐地嘲弄着我，它们绚烂新鲜的生命嘲弄着我干枯和绝望的生命。

苏西的花园就在那里。如果我现在走出自己碉堡的大门，会怎么样？我站在那儿，行人从我身边漫步而过，汽车像一群鹅一样横冲直撞。我对噪声是很敏感的，但是突然移动过来的东西还是会吓到我，一辆卡车开了过来，行人都能感觉到空气的震动；一个孩子从小推车上站了起来，就是为了要一根冰棍。

我惧怕那些邻居——我不认识他们——可能会很好奇这栋空房子里住着什么生物。可能他们中间还会有人来和我打招呼？想想就难以忍受。如果是长耳狗的主人怎么办？就是那个白天带着他的狗散步，总是好奇地看来看去的混球儿。他认不出我的，但是那条畜生看到我肯定会哭出来的，或者它来扑咬我，来报复我。

我已经给自己创造了一个必须待在屋里的处境。这种讽刺用在我的身上一点儿都不浪费，一种羞愧，一种解脱。就像是突然出现在白天的海边，恐惧新环境的我就这么躲起来，不敢出门。

我会出来的。我不确定我作为人的勇气还残存多少，但是我从来没打算给自己的余生判个终身监禁。我只是需要逃避、反省、恢复一段时间。当然还为了写作，也是为了避免不愉快的事情。

好吧，我是不可能恢复的，但是我写了很多需要记录的东西。你没办法净化自己，而我也要继续避免不愉快的事情发生。我会从车里，透过带颜色的车窗朝外面窥视，我不会允许这些东西变成不能预测的恐怖事件——像肿瘤一样。

我钻进这辆该死的汽车，开了一个半小时，穿过阳光和人群，甩开那些我极其厌恶的人。我不知道该不该这么说，我调整了和布荣雅在一起的节奏，跟工人、邮差、医生、牙医、理发师和偶尔进出我家的修电脑的人建立了一种令人讨厌的关系，虽然这些人的味道不再让我感到恶心。可在人群中的我该怎么办？我知道该怎么办，就是别到人群中去。

我瘦了，体重轻了许多，衣服就这么挂在我身上，但是我已经很久没有在穿衣镜前看自己了。感谢上帝，每天早晨，要是没有小镜子，我连刮胡子都有可能会弄伤自己。我不能忍受自己像一个隐士一样变得胡子拉碴，直到我用肥皂洗自己的胡子，或者用剃刀好好清理自己之后，我的脸才会出现在镜子里。可当最后一点儿肥皂洗干净之后，我瘦削的脸庞却嘲弄着我残存的生命，那渐渐失去生机的脸上，骨骼格外突出。

与此同时，我的人格也变得同样干枯。我同意苏西的说法，只有傻子才会自我崇拜，但是自尊则是另外一件事情，自尊是人生的基础，而这两样我都没有。我做不来，因为我找不到原因去选择其中的任何一个。或者，当能选择的时候，我已经没有力气做出选择了。

我的脾气，有人曾经指出，当然我也希望自己是这样的人——暴躁、自我、不人道，还有点儿不合时宜的傻，可我并没有从中获得过什么愉快，我又很惊讶这种脾气是怎么消失不见的。我不怎么听音乐，也不太读书，没有布荣雅的时候，我几乎也不怎么吃东西，虽然我喝葡萄酒，可是感觉并不如吃葡萄让我高兴。我写东西，但是我觉得这不能称之为写作。

我的缺点可能会变得越来越多。我不足，我空虚，我愚昧。我曾经也拥有人生，我记得我有过，我想念曾经的人生。虽然我的外表、脾气和胃口都退化了，但我并不是过着什么僧人的生活，我只是个病人。可我已经受够了，我要慢慢地重新开始。就像不小心洒在睡袍上的桃子汁慢慢流了下去，流向了外面的世界一样。

也许我只是单纯地没准备好开车出门？如果开去苏西的墓地，我还更熟悉一些。开过去可能很难，但比开回来要容易多了。从此之后，车就放在车库里了，电池会慢慢耗光，车身落满灰尘，电线被老鼠咬断。我难以想象自己再开车的画面，不管我多喜欢开车，它仍然会在回忆中慢慢生锈。

我曾经特别喜欢帕丁顿车站，那里有漂亮的维多利亚建筑群，还有很多天才的艺术品。哪怕十九世纪就这样被无情麻木地定义和记录了下来，这里依旧保存着大英帝国最辉煌的历史。

但是如果你想了解维多利亚时代伟大的作家和艺术家，那些对整个文化产生过深远影响的人，你会发现他们中的大多数都被残酷、平庸的人们所忘记，他们不被尊重，人们还把忽略他们当作他们自己的错误，这非常虚伪。这个伟大的时代给了小说家们很多灵感，不朽的狄更斯，还有颇具争议的乔治·艾略特、特罗洛普和萨克雷，他们都能从里面写点儿东西出来。小说家应该对这种文化感到厌倦，可事实上，恰恰相反。

只是我没有意识到，等待到牛津的火车，成了促使我从世界隐退的催化剂。当然，我知道自己身处一个对公共交通有大量需求和依赖的国家。我不是很习惯火车站，人来人往、摩肩接踵的乘客让我毫无防备。我不是说那些噪声和匆忙，我指的是那些味道或者拥挤，每个人都像是要打架一样。在这个车站里，人类会变成一堆令人厌恶的原子，乱冲乱撞，对其他人漠不关心。

一个化着浓妆的年轻女人，表现得特别奔放，她穿着维珍航空的空姐制服，匆匆地穿过广场，大声地对着空气说着什么，手里拿着一个像电话一样的设备举在她的面前。她猛地撞向了我，却丝毫没有停下，我冲她叫喊，她也听不到，因为她耳朵里还塞着另外一个设备，她关心电话里跟她说话的人，却看不见面前两步外站着的活生生的我。我蹒跚地稳住自己，但又被几个东方游客身后的行李箱给绊了一下。

我躲进了 W.H. 史密斯书店，买了一份《每日电讯》——买一份这个还送一瓶水，不然没人会买的——这样我一会儿在火车上就可以做填字游戏玩儿。在排队付钱的时候，我被一个年轻人背着的背包打了一下，他猛地转身去看收银台下面那摆满了巧克力的货架，包就甩到了我身上。我往后缩了缩，而那个年轻人完全没注意到。

我小心翼翼地退回到广场上，就像一个士兵从战场上撤退一样。火车晚点了十分钟，和所有到牛津的火车一样拥挤不堪。我找到了头等车厢，这里本来应该被设计得比较宽阔，然而并没有。我斥责了一个衣着光鲜的绅士，指着窗户上贴的标志告诉他这里不能打电话，可是他依旧坚持打着电话，然后还让我别多管闲事。我有点儿想跟他解释我要去参加我妻子的葬礼（其实我穿的衣服已经表示了我要去参加此类事宜），但是让他知道会不会有点儿尴尬？不是他，是我尴尬。

教堂里还有些仪式，完了之后就是葬礼，关于这些我没什么好说和好写的，没什么东西是值得记录的。

大家都很担心我，觉得我自己没办法回到家，露丝坚持陪我一起回去。

“你真好，亲爱的，”我说，“我自己可以的。”

“不行，爸爸，你脸色太苍白了，我觉得你心脏病犯了，你带药了吗？”

“不，我没事……”

“你就是不会照顾你自己！”

火车上，我们安静地坐着。她拉着我的手，直到我把手抽回来。我们之间没有什么对话，没有什么可以说的。

她一直陪我到帕丁顿车站打出租车的地方，然后我就没让她再陪我。就在我准备上车前，她把我拉向她，猛地给了我一个拥抱。

“好吧，”她说，“我们先让这件事情过去，两天之后，我觉得我们需要谈谈。”

“对不起，亲爱的，我并不想谈什么。”

“我理解。”

“我不确定你是不是理解，我自己都不理解，我需要自己待一段时间。”

“当然，我会联系你的。”

“别，你等我打给你吧，我会的，等我准备好了。”

我钻进了出租车，紧紧地关上了黑色的车门，再也没看她一眼。

这给了我一段时间，但是不多。露丝想要和我谈谈的渴望就跟我不想跟她谈话的情绪一样高涨，而且她完全不明白我是有多么想要自己待一段时间。我也不知道多久之后我才会联系她，如果运气好的话，她可能一周后就会接到我的电话。就算没有电话，也会收到我发的邮件，或者会听到愤怒的敲门声。她只是需要给我足够的时间来让我建立起自我保护的围墙。

感谢库珀先生，我真是要感谢他重新为我修理好封闭的大门。可即便如此，这扇门依旧挡不住露丝想要联系我的恳求，还有她的愤怒，虽然她的这些诉求和情绪都会被丢进乔治的垃圾桶里。

我本以为我可以依赖乔治，可他也背叛了我。我们之间的信任，在他给我发了那封邮件之后就迅速消失了。他跟我说他十一号会来，就是苏西去世六个月的纪念日（纪念日能这么用吗？）那天，而且他居然威胁我说他要破门而入。虽然我也怀疑他根本不会这么做，也就是故作姿态，虚张声势罢了，可我还是让他进来了。比起正面对抗，我更倾向于适当的妥协。可我还是知道他是个特别多愁善感的人，他害怕自己的到访会戳到我的伤心处。

早上十点的时候，门铃响了一下，我立刻就开了门，当时我就站在走廊。乔治从来不迟到，也从来不早到。他看起来很担忧什么的样子，手里提着一个老式的皮箱子。

“我觉得，你还是进来吧。”我说。

“谢谢。”

“我们能快点儿吗？咱俩都不会很喜欢这次见面的，我来解释给你听，然后你就可以走了。”

人天生的礼貌教养，让一个男人不管对谁，面对什么情况都会很恭敬，除非他面对的是要杀死或者吃掉他的人。而此时我面前的乔治，还是发飙了。

“我才不想听你要说什么，你现在表现得就像一个毫无教养的野蛮人。”

“哦，别嚷嚷，乔治。”

他往后退了一下，然后直接去了画室，自从苏西死了之后，我几乎就没去过画室。布荣雅走了之后，就再也没人打扫过那个地方，这里充满了灰尘和霉味，再也没有沐浴过清晨的阳光。乔治好奇地四处打量，他很少注意自己身边的情况，因为在学校里总有人打扫卫生，不过就算如此，他现在也注意到这个画室里弥漫着不怎么健康的空气了。

他打开那个老旧的箱子，那个老箱子有一个很宽大的皮扣，打开的时候会发出清脆的一声响。他从里面拿出一沓信件，抓在手上——信都装在一个黑色的夹子里，就像是维多利亚女王保存阿尔伯特亲王的信件一样。

“我不能把这些就这么丢掉，这让我感到罪恶。这些都是你的信。”他把那些信递给我，“你要向我保证……”

“好，好，我知道。”

“你保证你不会不看它们就直接丢掉，我求求你了，别这么做。”

“好吧，乔治。”我说，他听我这么说还有点儿惊讶，“我保证。”

我拿着那一沓信，从沙发上站了起来。

“现在，你要是走了我会很感激你的。感谢你来一趟，我知道你也是好意。”

乔治并没有站起来。

“不行，”他说，“我不能走，你是我最好的朋友。”他从口袋里掏出一条真丝手帕，叠得方方正正的，然后擦了擦自己湿润的眼睛。

“老天爷，乔治，我求你了，你别这样！”

我已经忘了维多利亚时代的人是有多爱哭，他们钟爱在悲伤的情绪中打滚。乔治也很爱哭，这是极其敏感的一个传统表现。他抽泣着，用手抹了一把自己的胡子。

“如果你还对我有一点儿情谊，看看露丝的信吧，不管他们说了什么，他们至少能把你带回你的生活，让你知道你真正是谁。”

“我已经习惯了。”

他从椅子上站起来靠近我。我缩在沙发里，我害怕他会忽然扑上来抱住我，然后让我沉浸在他的眼泪里。“别，你别过来。”

听我这么说完，乔治控制住了自己，停下来擦了擦眼泪，擤了擤鼻涕，然后把手绢又放回了口袋里：“对不起，对不起，亲爱的，你不知道我有多沮丧。”

“我来泡点儿茶，你冷静冷静。浓浓的大吉岭，不要牛奶和糖？”

“当然，谢谢……我还有些别的事情。”

“你什么意思？”

他在行李箱里摸索了一会儿，又拿出两沓纸递给我。

“这里面大部分的信件是新的。最妙的是一封来自库茨小姐的信，里面有一句话——永远沸腾。是不是很妙？是不是很适合你？我把它们都打印出来了。”

“很妙很妙，这绝对就是我现在的感受，像一个失去控制的烧水壶。很高兴听到这些。”

“不是说你的，你这个傻老头子，我是说你的标题。”

“怎么了呢？”

“太平淡，太专业了。之前那个基本上就是个副标题，标题都是要有趣的，并且吸引眼球的，这个怎么样？《烫和煮：查尔斯·狄更斯和愤慨修辞》，这还是引用了《荒凉山庄》里的说法，是不是很棒？”

“很棒，你是对的，那就用这个标题吧。现在我就是需要些内容了……”

“会有的，会有的。你还是想写成专著吗？”

“当然了，我绝对不会写一本只关于狄更斯的书，被学者挑剔会让我疯掉的。专著，听起来就更谦虚，更专心。”

“也许这是个把这些写起来的好时候？”

“化悲痛为文字吗？你可真是狄更斯的粉丝啊。他喜欢死亡，觉得死亡里充满了生气。他描写死亡的部分总是最为出色，不管是在现实中还是小说里。”

事实上，虽然我的确很悲伤，可谁在乎呢？许多年前我就放弃这个东西了。可我没跟乔治说这些。他认为我就是个傻子，一个维多利亚时代的追随者，然后时不时来鼓励鼓励我。可是他却喜欢丁尼生的风格，对于乔治来说，狄更斯太草率、太世俗、太现实了。他更喜欢看看莲花，听听伤感的曲子。

“所以，谢谢你了。你说还有什么别的？”

“嗯，是啊，苏西过世了之后，还有海量的慰问信寄过来，我也没有丢掉。”他又开始在行李包里摸索。

“别别，别拿了。”

“但是，詹姆斯，你需要感谢他们啊。”

“是吗？我可以打卡片出来，然后寄给他们。”

“这有点儿不太好，不过总比没有好。我可以帮你弄，你想写点儿什么？”

我假装思考了一下。

“就写——感谢你的慰问，感谢你对苏西·莫尔顿过世表现出来的悲伤，真是抱歉。行不行？你看这样行吗？”

“是说真的吗，詹姆斯？”

“事实上，他们中大部分人都只不过是礼貌地表达一下，确保他们觉得自己做得非常得体而已。他们并不是对苏西真的有感情，只不过是为了表现他们自己而已。”

“那算了，别管他们了。”

几分钟之后，我看着他走到了门口，然后轻轻地拍了拍我的胸口。

“谢谢你，我最亲爱的老朋友。”

他的眼睛再一次湿润了，转身说道：“当然。”

我把那些信件放在厨房的桌子上，给自己又倒了一杯茶——我不喜欢冷掉的茶，而现在又不适合再泡一壶新茶，茶还是越泡越香。然后我拆开第一封信，乔治摆在那儿的第一封信。这是在苏西葬礼几天之后写的，写得很大胆，用的是她在学校学的斜体字，蘸着深蓝色的墨水写出来的。我在想，用黑色的墨水会不会更般配一些呢?

亲爱的爸爸：

今天天气真好！我猜我们都已经平复了心情吧，但是当我回到家里要睡觉的时候，我还是号啕大哭地让山姆去帮我拿杯红酒，这可吓坏了可怜的小鲁迪。他很想知道葬礼上的事情，因为不让他去，他还挺伤心的。他说他想念姥姥，不过十分钟之后他就又跑去开心地看电视了。真是个幸运的小孩，而我不是。我觉得我再也不会像过去一样了，再也不会因为小事情而简单地开心了。我的胸口像是压着一块大石头，让我窒息，让我感觉自己的心在被往下扯着，直到淹死。

我没办法安慰你，这让我感觉绝望，我只能陪着你一起上火车，抱着你。

我理解你需要一些时间独处。也许你想出去走走？新福里斯特那家你喜欢的酒店，为什么不在那儿订间房间，在里面享受一下好的服务，吃些好吃的？或者等你好一些了去游泳？

我真的很爱你。现在我们可爱的家就只剩下我们彼此。我们可以照顾彼此的，对吗？妈妈也希望我们能这样做，保佑她。一两个星期后，我会过去看你——某个星期六好不好？就我自己，我们好好谈谈。

爱你的女儿

露丝

第二封信就简短多了，就一页，隔着信封都不太容易摸到有一张纸在里面，感觉跟空的一样，内容和其他的一样无聊，邮戳上显示是直接寄到了乔治那里。

亲爱的爸爸：

最近怎么样？我不明白，我写信给你已经一个星期了，可还是没收到你的回信。我明白这段时间对你来说可能很难，对吗？（你要知道我也很难！）

我打电话给你，结果语音提示却说电话已经被关掉了。你手机也打不通，邮件也发不到你那里。

我想着你是出门了，这倒是一种放松。我打电话到新福里斯特的酒店去问，他们说没有你的预订记录。

我很担心你，你就这么消失不见了！求你了，求你了，联系我吧，爸爸！

担心你的露丝，爱你的女儿！

另外，鲁迪说他非常非常想念姥爷！鲁迪很爱你的，你知道的，你也很疼爱他！不要这样离开我们，不要这样离开我们！

露丝

好吧，我还能要求什么？她还能说什么？她的信会这样隔段时间就来吗？这就有点儿难忍了，我真希望自己没有打开过这些信，我希望我没有看过这些信。

我希望露丝学会怎么把信写得得体一些。我教了她很多年，语法啊，标点啊，但是她还是热衷于用许多的感叹号，这太可怕了。万不得已的情况下，才是使用感叹号的时候。不过至少她的信是手写的，所以没办法用那种奇怪的表情符号——微笑的笑脸什么的，还有皱眉头。感谢上帝她的信是手写的。

我讨厌被叫姥爷，我还是比较喜欢被叫外祖父，这能清楚地反映出我们的亲缘关系，虽然我也并不怎么想成为谁的外祖父。我曾经要求他们让我自己选择这个名头，可是“姥爷”这个词就是卡在鲁迪的小脑袋瓜里。不是说他觉得这样叫比较可爱，是因为他觉得我的名字就是“姥爷”。我猜山姆也是这么称呼他的外祖父的，所以他要对这件事情负责，我的女婿，这个讨人厌的社会工作者。

不过鲁迪这个可怜的小家伙不会记得这些，他还太小，而这件事情超出了他的理解范围。小孩子都会完美地自我保护，他们会自动过滤自己的记忆，把那些痛苦的记忆都洗干净，清理掉。

可那些含糊不清的记忆是怎么消除的呢？而那些固执的记忆又是怎么回事儿呢？为什么我能记得我拉着露丝的手，可记不住帮她洗澡和梳头呢？为什么我关于露丝的记忆这么少呢？

或者是关于我自己的？我五岁以前的记忆已经都想不起来了，只有一些很重大的事情还存在脑子里。我记得一张我的家庭老照片，三岁的我跟着祖父母，在摄政公园喂鸭子。他们穿着四十年代的衣服，祖父穿着宽大的外套，歪戴着呢子帽子；祖母穿着呆板的衬裙，让她看起来像一个塞尔福里奇百货商场橱窗里的傻子。祖父留着一撮短短的小胡子，中间一绺黑色，周围是灰色。祖母则是一头稀稀疏疏的长发。

他们在镜头前摆着姿势——谁在拍照？

他们的表现很不自然，但很正式，刻意的微笑在脸上显得格外开心，就好像没有相机他们也会这么笑一样。

他们喜欢在星期六的上午带我去公园。那些又白又肥的鸭子看到我们从袋子里掏出不新鲜的面包，就会从水里钻出来，摇摇摆摆地朝我们走过来，围在我的脚边嘎嘎叫。雨中的水泥地很滑，铺满了恶心的鸭屎。我一只手牵着祖父，一只手喂鸭子，有点儿害怕，又有点儿激动。我把手举得高高的，不然鸭子会用嘴直接从我的指头上把面包叼走，它们可能还想连我的手指头也一起吃掉吧。看到这照片，我就能记起这些事情。那些照片中留下的岁月，让我看到深埋在记忆中的过去，如此鲜活，如此美好。

我高中和大学时期的大部分生活没有在家庭相册中得到记录，所以我回想起那些日子就像是有层层薄雾覆盖着，不甚清晰。我个人是不太喜欢拍照的，甚至有点儿反感。我拒绝买相机，也拒绝被拍照。被记录不如好好生活，我对拍照这件事情嗤之以鼻。我当然希望能更了解自己的生活，可我为什么要拍照?

接下来我打开了她的第三封信，我知道我此时该看到很多回忆了。不论如何吧，我还没有足够的时间能让自己去忘记所有痛苦的事情，虽然我已经让有些不重要的事情愉快地消失了。

爸爸：

我昨天到你那里去了，发现房子被栅栏围了起来。门换掉了，我的钥匙也不管用了。居然也没有邮箱！你怎么能这样?为什么这样做?没有门环，门铃也不响。

居然还有个瞭望孔?你害怕见到谁啊?你总不能是黑手党的目标吧?所以，你就是害怕见到我！你的女儿！妈妈刚过世，你就不见我！

老天保佑！你到底怎么了?我问了你的邻居，可居然都没有人认识你。你隔壁那个恶心的邻居说经常能看到你从窗户里盯着他家后院看，这说明你根本就在家，只是躲在了你这个维多利亚风格的房子里。我使劲儿敲了门，过了一会儿又回来敲了一次。我在门上留了字条，这样也许你会知道我是什么感受了！（字条上的话根本不足以表达我现在愤怒的一半！）

你可怜可怜我，可怜可怜自己——为了我们，你出来吧。

我真的很生你的气，但是我们必须见一面。如果你愿意见我的话，我能控制我的情绪。见见我，你不能这样下去了，我害怕这么下去你会伤害到自己，伤害到我，伤害到我们大家。妈妈不会愿意看到这样的事情发生的。

我不管你怎么了！妈妈已经不在了，你必须活着！

露丝

好消息是下一封信就短多了，内容却毫无惊喜地让人心烦。

如果你现在不想见我，那我希望你能见见别人——有趣的乔治怎么样？他看起来很无害。但是你必须让别人进到家里跟你说说话。事情已经发生了，难道所有人都要被你锁在外面吗？希望不是！即便是罪犯，也被允许探监的，只要他们想要有人去探望。

这封信吧，我还能忍受，也不怎么受伤。但是下一封就过分了。

你这个混蛋！你怎么能这样？这都几个月过去了，我不敢相信你沉沦到了这个地步。你，抛弃了你爱的所有人。你像个傻子一样把自己锁了起来。好，我的治疗师告诉我要理解你，说你正处于巨大的悲伤中，等我再见到你的时候，要理解你，要原谅你。

但是，去他的理解原谅！你解雇了布荣雅！你怎么能这样！她想要帮助你。我告诉了她所有的事情，关于你和妈妈。她尝试着帮助你走出悲伤，照顾你的饮食起居，尝试着帮你重燃对生活的希望，寻找你爱看的书，跟你聊天。

但是，你害怕了，可怜的你啊。有人这么靠近你，你就害怕了？你就这样发邮件解雇了她！你甚至不敢当面解雇她，你就这么逃避吧，你个胆小鬼！现在她什么都没有了，在阿科斯桥跟人合住在一个屋子里，每个月还要给家里寄钱。这都是因为你！真是谢谢你了！

最搞笑的是什么你知道吗？她说她原谅你。

可我不会原谅你。

你下地狱去吧！你就待在那儿再也别出来了！

布荣雅？露丝？什么情况？怎么会？我从来没用过“目瞪口呆”这个词，但这个词用来表达我的情绪还是过于苍白。

她们是怎么回事？

露丝从来都不骂人，这是她的性格，苏西在她童年的时候就是这么教导她的，我一直引以为豪，所以看到她这么骂人，我感到很震惊。

当然了，这封信是两个月前写的，也就是在布荣雅半夜来访之前。我的天，露丝是不是现在也知道了这件事？也就是说是露丝让她进来的，而不是布荣雅自己要来的？这太骇人听闻了。

是她让布荣雅来的？这太过分了！我能想象到露丝的口吻——亲爱的布荣雅，也许你可以悄悄地进去，然后去看看这个老家伙，我们用英语怎么说来着？这个老不死的。

而露丝现在骂我对布荣雅不好，指责我没有好好对待她！

这是我第一次想要回信！想要回应她。我已经厌倦了被人包围、被人欺负。

贱人，这是我最后一次给你写信。

我已经没有亲爱的妈妈了，我跟她很亲近，可她去世了，但她始终在我心里。我还有爸爸吗？不，没有爸爸了，他还活着，可是对我来说我已经没有爸爸了。

我希望你能被内疚深深煎熬，但是我怀疑你根本没心没肺。

再见！

接下来，邮戳显示一个月以后，一个厚厚的信封又来了。

亲爱的爸爸：

对不起，我真的对不起。

我不想失去你，而你也还在。我找遍了所有你可能在的地方都找不到你。我不知道该怎么办了。我知道我不能让你就这么躲起来，就这么逃避现实，永远待在你的洞穴里，或者你现在躲藏的地方。

山姆说我这是懦弱，我应该让他陪我一起来伦敦，带上锤子、斧子什么的，直接把门砸开，把你拖出来，从阴暗中把你拖到阳光里来。这不像他，他不喜欢折腾，不喜欢争斗，但是他也很生你的气，也很沮丧。

我不会了，再也不会了。我不知道怎么说，我跟你说话的时候总是着急焦虑，我不会这样了，你知道你总是很严格，很难取悦的。

我小时候——不是特别小的时候！我特别害羞，还有点儿结巴，但我本来不是这样的，是因为你的高标准、严要求，让我总觉得不论我做什么、说什么都是不对的，都是不合适的。我是个特别听话的小女孩，容易受伤，不想因为自己表现得不够好让你觉得不开心。你眉毛挑一挑，嘴巴撇一撇，这都会影响我要做什么、说什么。你就是我人生的评判标准。

但是，谁在乎呢？我只是有点儿后知后觉，并不是顺从，当然不是。我要改造你，成为你的后盾，成为我们的后盾。你的家庭，不管你有多无所谓，这都是你拥有的全部，这很重要。就算你不知道，这也是事实。

我也知道山姆的方法行不通，甚至会让事情更糟。你可以把隐士拖出山洞，可就算你把他拖出来，他还是会不听、不看，不停地往回缩。

老天仁慈，人们都会失去他们的父母，人都会死，这种事情每天都在发生。我们痛苦，难过，悲伤。但是，我们不逃避，我们不会躲起来，我已经受够了给你暗示和比喻。

我们知道妈妈已经走了，她准备好才离去的，对我们和她来说，这都是一种解脱。那你为什么要跟她一起离去呢？为什么要舍弃你自己，离开我们？

我从来没有这么接近过真实的自己——我用我的方式，诚实地，向你表达我最真实的感受，这是我内心的声音，你会这么认为吗？从我是个小女孩儿开始，你在我心里就是一个神秘的形象，当然不是上帝，但你总是强壮的、沉默的、高大的，你总是很挑剔，要求严苛，总是需要被安慰。我不是生气，不是。我很难想象你对我说话的声音。你应该是一个从来都不会不开心的人，但你却经常不开心。

一旦有什么事情出现了差错，我就会叫某人。我只是想说，我一向对你心存敬畏，我真的希望我们之间能多一些真正的沟通，或者是多一些交流，就像我和妈妈一样。是的，我知道我和她之间也有争吵，妈妈总是用她自己的标准要求我，但至少她关心我，她陪着我长大。

你知道吗？这有多可悲？我总是把她的存在和关心当作理所当然。妈妈总是在这里，在我的家里，在我眼前，但你从来不在。我打电话，你总是问一些很简单的问题——你还好吗？小鲁迪好吗？你从来不关心我的工作和朋友，因为你根本不知道我是做什么的，我喜欢谁，而最后你又告诉我你不喜欢山姆。等等，我会说到妈妈的。

对，我是把妈妈当作理所当然，我拥有她。而你对我来说……意味着什么呢？我不知道怎么说，我想说渴望，可是这个词听起来太讨厌了。可能你知道我是什么意思，你在词汇方面很厉害的，而我总是很差劲。

鲁迪一直问我你去哪儿了，你在哪儿。一开始，我说姥姥去世后，姥爷很难过，需要独处一段时间。可第二天他又会问同样的问题，我只能说你病了，但是不想去医院。现在我该怎么对他说？总得有些原因吧，一些深不可见的原因，也许你根本不在乎他，不在乎我，不在乎山姆。鲁迪只是个孩子，他觉得所有的事情都与他有关，他知道他的姥爷不要他了。

对我来说，你就是个幽灵，从来都是。告诉我该怎么做才能温暖你，该做什么，什么时候，什么事情都可以。告诉我，我去找你。从帕丁顿车站分别之后，我们已经太久没有见面了，我真的很想和你聊一聊。我们需要谈谈的，对不对？我不知道我们能不能解决这些问题，但是我们需要找个方法来聊聊，哪怕一次呢？或者最后聊一次？

请你相信我。你能相信我吗？

露丝

唉，此时的某人又该说些什么呢？

那辆梅赛德斯——窗户带着一点儿颜色，虽然不能完全把车内世

界和外面隔绝吧，也好过没有颜色——早上 9 点准时送到了。一个有礼貌的年轻女人敲了我的门，她穿着不自然的、鲜艳的、不正规的制服，色调很不和谐，就像是在嘲笑我。“Europcar 租车！ Europcar 租车！”她效率极高地处理着文件，把我的驾照信息填在表格上，还企图卖给我一些用不到的保险，然后让我在文件上签名，把钥匙递给我之后就匆匆离开了。她的同事在另一辆福特车里面等着她。

我准备好出门了，租来的车就这么停在外面是违规的。我可以填一个探访者的表格放在挡风玻璃上，这样车子可以停在门口几个小时，但是为什么要填呢？我不能拖，时间越长，我就越不想出去。

这不是一辆高配的梅赛德斯奔驰，是一辆基本款——美国把这种车叫小型车——E 级的，柏林的出租车都是这种。除了德国人，很多人觉得这种车很棒，让游客错以为自己坐在奔驰里就是享受了豪华的出行方式。我应该叫一辆顶级的沃克斯豪尔，总之叫一辆更好点儿的车。

但我坐在车里还是很高兴。我把行李箱放在后备箱，调了一下座椅和后视镜（调的时候还是很麻烦的），找到广播第三台，把我的东西放在座椅旁边。有装满咖啡的热水瓶，手机里面还有下好了的导航地图，一瓶水，各种药，还有一小瓶酒。

应该是一个半小时就可以到了。我发动汽车慢慢地开了起来，还是不太习惯自动挡——这个设计直接剥夺了开车的乐趣——我怀念我最爱的重型手动挡汽车，不是老捷豹那种会让你抛锚在路边的车。这辆梅赛德斯，轻得就像在路上飘。但是我也没什么好担心的，我在车里很安全，开车的时候感觉不到任何路上的东西，我无坚不摧地疾驰着，轮胎的感觉也很好。我喜欢开车，虽然这辆车动力不太足，速度有点儿慢，我还是开得很好，转向的时候控制得极为精准，我就这么拐上了M40高速路。

这感觉真的不错，很新鲜——焕然一新——听着巴赫变奏曲，一路向西，曲声悠扬，摇晃着手指，指挥着管弦乐队。我从来没有感觉自己如此活着过，自从苏西死后我就再也没有这种活着的感觉了。因为这辆车？也不是吧，但是这辆车确实有帮助。也许我应该把我自己的捷豹从车库里开出来，保养一下，然后时不时也开开它。

在A40国道的匝道入口处有一个“前方修路”的牌子，每个人都停了下来，接下来的二十分钟就这么一寸寸地向前挪。我旁边是一辆脏兮兮的小型面包车，开车的年轻人音乐放得很大，大到我连车轮的震动声都听不见。他的音乐——如果这也能被称之为音乐的话——充满了攻击性。嘻哈？重金属？这个音乐让我感到暴躁，刺激着我的神经，我为什么要在这里听到这种噪声？

我把车窗打开，对着那个司机比画着手势。可他完全听不见我，也看不见我，就是自顾自地点着脑袋，沉浸在音乐里，完全享受着自己的小世界。这种吵闹声让我呼吸困难，神经紧张，我极其厌恶这种感觉。要是我现在有驱赶长耳狗的辣椒酱的话，我肯定丢到他的眼睛上去。我看了看旁边的座椅，想找点儿别的顺手的工具——最好是那种能丢过去引起他注意的工具。

一瓶安定药片！这不是用来丢的，这是用来放松的！水瓶呢？这可能可以，但是我就没水喝了啊。不过没关系，反正我还有热水壶。我把窗户又弄得低了些，右手紧紧地握住瓶子，瞄准目标。做起来可不像想象中那么容易，我被困在椅子里，身体没办法扭转。也许我应该反手丢过去，就像苏西教我打网球的技巧一样，不过她还是没把我教会，这简直像是教金丝雀骑自行车。不就是简单一抡吗？盯紧目标，丢出去！我可以的，我安慰着自己，就像惩罚长耳狗时一样，让自己去瞄准。

那辆面包车的窗户半开着，噪声就是从里面传出来的。我感觉到噪声扑面而来，打得我脸颊都变了形。如果我丢得好，应该能直接打中他的眉心。就算丢得不好，也能砸到他的窗户。但是，即便我已经做好了复仇计划，我也不会真的去实施。感情上，我已经做好了战斗的准备，我渴望战斗，但这里的空间太小了，目标也太小了。这个该死的瓶子很可能打到他的窗户，然后弹到我的鼻子上。生活就是如悲剧一样开始，如闹剧一样结尾。

车流开始移动，那辆讨厌的车和驾驶员挪到了我的前面，取而代之出现在我旁边的是一位开着捷豹的安静绅士。我打开保温杯的盖子，倒了一杯咖啡，喝到了一股金属味道。无所谓了，等安定起作用吧，不过药效不能太强烈，否则我就只能迷失在比肯斯菲尔德，一个人颤抖着，孤独地被困在英格兰的中心。

最后在高速路上，我感觉自己开到了八十迈，或许是那十毫克的安定起作用了。一切都很安静，没有风的声音，没有路的声音，更奇怪的是，我感觉自己静止在车里，路面似乎自己在往后飞驰而去。

相比于驾驶，我更喜欢这种感觉，我就这么舒舒服服地坐在真皮座椅里，柏油路自己就带着我往前走去。听着音乐，我想要把座椅放倒，闭上双眼。

如果不是他按响了喇叭，我在忽然变到快车道的时候一定会跟他撞上。那个司机握紧了拳头，一副忍无可忍的表情。

我的车摇摇晃晃地停了下来。我站在坚硬的马路牙子上，这让我稍微清醒了一点儿，但是我忽然被飞驰而过的车吓了一跳。我还是宁愿待在车里，也好过站在路边，不然可能会被开过来的车撞飞了。我继续慢慢地开，开到了四十五迈，这样也不是很安全，但至少我能控制车，总比开得快要好。其他的车呼啸着从我身边超过去。在他们眼中我就是个可怜的老人家吧？倒霉的我。

我关掉了音乐，因为它有点儿吵。安定并没有让我安定下来，相反它让我感到昏昏欲睡和焦虑，吃了安定之后好像更麻烦了，比之前还要麻烦。

我冷静地、仔细地盯着路，到了牛津的那个路口，我慢慢地开进那个没有尽头的郊区，一直到伍德斯托克的出口，然后慢慢地驶向前去。老牧师酒店出现在了路的右边——这个城市尚且能住的一家酒店。这个城市应该有好的酒店，可是的确没有。虽然这个酒店有许多缺点，可是它却距离默顿和圣安妮都很近，我已经很多年没有去过这两个地方了。

我开进了一个小的停车场，找了一个最后的停车位，把车停好后熄了火。时间一分一秒地过去，如果不是一串尖锐的敲窗户声传来，我都要睡着了。一个年轻人正在看着我——一个老家伙正霸占着最后一个车位，在车里睡下午觉。

我想把窗户打开，可是不行，于是我又打开引擎，按下了窗户。

“我能帮助您吗，先生？”他礼貌地问道，态度平静。

“哦，当然，我要登记住店。前台应该有我的预订。达克，詹姆斯·达克博士。”

“欢迎来到老牧师酒店，我看看把您的行李拿到房间，前台在酒店入口的左手边。”

我订了一个普通套间——我不喜欢这个说法，只有美国人把这种房型称为“普通”。我的房间在底层，窗户对着一个小小的花园，里面有一间小屋子。客厅就跟厕所一样小，顶着墙还放着一张书桌，刚好放得下我的写作材料和电脑。我甚至把我的手机也带来了。我很怕用酒店的电话打私人电话，总是有一些奇怪的接线员听着，然后还会收费，贵得足够我吃一顿不错的午餐了。

我订了一间非常安静的房间，的确很安静，至少这会儿很安静。房间有些模仿乡村的风格，客观地说不是很让人厌烦，但也不至于让人觉得陌生。但以我的品位来说，灰色太多了点。但是这里的桌子和硬木椅子都很满足我的需求，还有网络，当然我并不需要网络。我缩进了沙发，感觉比自己在家里待了好几个月还要孤独，但是这感觉很不错。与此同时，我还感觉到世界的仁慈，还有我的女儿，我亲爱的露丝。

我小睡了一觉，并没有觉得神清气爽，还是觉得有些无力，有些烦躁。我叫了一壶阿萨姆红茶、一块面包。服务员把餐盘放在门口之后，还微不可察地停留了一小会儿，等着我给小费吧？好像他把东西拿到我房间是个多么重大的任务一样。

就像征服黑暗空间的斯坦利一样，在经历了小小的旅行之后，我没办法再去更深入地探索街道了，我特别需要安静一会儿。我带了一些小的读本，像是《纽约客》《经济学人》《旁观者》，我甚至带了《劳工法》的复印本，封面真丑。看着封面我都想直接把它丢出去，可有时候这里面还是有些能看的内容。

杂志中总是散发着死亡的恶臭，所有值得庆祝的瞬间都会很快过去，很快被遗忘。它们很轻，很容易丢弃，印刷得一点儿都不美观，就是拿来包炸鱼薯条都不是那么合适。

我没带书，就是生理上很排斥读书，不知道为什么。书上的灰尘，破损的书页，陈旧的味道……书的死亡？没有一本书让我读起来是轻松的。我总是看着看着就睡着了，或者是陷入毫无关系的联想中，完全感受不到作者想要展示的无比有趣的奇妙世界，那些本该让我兴奋的幻想情节也丝毫无法打动我——就像是想要打动一个被遗弃许久的情人，一个年迈的、皮肤松弛的、陌生的人，感觉像是在吃一棵被煮烂的白菜。不过，读书的确会让我分心，我需要专注于写作。我要告诉人们关于我的一些故事，关于别人的一些故事，那些也许看起来毫无建树的我的人生。

近距离接触我们曾经在牛津的家，那座校园，那片市中心的空地，都会带给我回忆和痛苦又温暖的思乡之情。

早上我散了散步，让脑子清醒了一些，然后开始故地重游，拜访那些曾经熟悉的地方。虽然有一股神秘的磁场想要引领我去以前的学院，可我依旧没有向默顿走去，在酒店服务员转身之前，我避过他，向北走向了圣安妮的方向。上次走到这里已经是十四年前了，苏西邀请我和她一起参加一些晚宴——她很喜欢和姑娘们在一起，现在应该都是女人了——可我就不明白为什么她要我跟她一起，在默顿我也不爱参加这些宴会啊。当年我就讨厌参加这些宴会，我为什么要和她一起去见那些我从来没见过的已经老去的姑娘?

远远地能看到那边的一处四方的小院子，苏西以前的房间就在那里。那时候，我们见过面后，苏西会邀请我到她家里喝一杯茶，当时我觉得这是个好兆头。每次我上去之后，她就会跟我道歉说家里太乱了，衣服到处都是，咖啡污渍还残留在桌子上，抽完的烟屁股弄得屋子里满是烟味，还有用过的唇膏，反正房间里的味道的确不怎么清新。她看起来很有教养，可实际上是我错了。这就是她的天性，就像她一头脏脏的金发和弯起来的奇怪下巴一样。

苏西注意到我在四下打量，我没办法控制自己的脸上出现挑剔批评的表情，这我真的是控制不住的，我没法掩饰内心的想法。我的想法总是通过表情就表现出来，不赞同、怀疑、欲望，或者庆恶。我抽动着鼻子，眼睛发直，下巴弯曲。我肯定还不小心露出了不屑和退缩的神情。在我们第一次持续关于乔叟的那场对话中，苏西终于把我定义为一个“挑剔”的人了。她看着我打量她的房间，耸耸肩膀，又虚张声势：“你得原谅我，我这个人就是有点儿邋遢。”

这话简直就是挑衅啊！这是个好机会！我立刻就有了一种冲动，开始四下寻找着鸡毛掸子或者吸尘器。二十分钟以后，我让这个地方焕然一新，我真的很喜欢打扫和整理。因为我发现即使是清洁工，可能也并不善于打扫——他们打扫过的房间总是更乱，直到他们知道怎么擦窗户之前，我绝不会让他们清理窗户的。我总是告诉他们我自己的要求。

“这么具体啊，先生？”

“对啊，这可以让你避免麻烦。”

“不麻烦，先生，这是我的工作。”

苏西那些恶心的杯子和发臭的杯托，需要叠好的衣服，有的还没挂进衣橱，有待打扫整理的房间，没铺好的床。她肯定有一个比自己还要邋遢的清洁工，或者说圣安妮就没有好的清洁工吧？

苏西见我盯着她凌乱的床单、被罩，误解了我的意思，我也误解了她的意思。我绝对不会上这样一张床，也不会在这样一张床上上她，哪怕我一开始是有这个想法的。

几个星期之后，我们算是半个情侣吧，她要求来我家看看，这个让我觉得有点儿担忧。如果苏西是一个有点儿邋遢的人，那我就是一个吹毛求疵的人。为了不让她感到不舒服，我专门把自己的家弄得乱了一点，这让我很痛苦。我在笔筒里面放了两支没有削尖的铅笔，打字机也稍微有点儿歪地放在桌子上，小说没有按照字母顺序码好，枕头和床垫没有拍起来，波斯地毯的摆放也特地偏离了中心。等苏西来的时候，她一进门我就把手放在了脸上，好像无地自容一样，我几乎是喊了出来："你看，我家也很乱！"

天知道她是怎么看我的。我觉得人们那时候总觉得我像彼得·奥图，虽然不太准确，可对我来说这确实算是一种赞美。我比他要更高、更瘦些，我的眼睛也不像他的那么闪烁。我就像是《哈姆雷特》里面的一个掘墓者，只是穿得更好一些。

我们会一起去喝咖啡，不是那种要等很长时间才能做好的咖啡，就是一般小铺子里的普通咖啡。她对我很感兴趣，那时候我还太天真，没有察觉到她对我的某种冲动，这可能会吓到我吧。在她的面前，我很有主见，思想特立独行。她喜欢这样的我，她喜欢思考，喜欢竞争，我们称之为"竞技精神"，在学校的时候我也见过这样的女生，但是我从来没有和她们有过交集。

我不太情愿地开始同意她了解我。

我们有时候会去公园看学校里的人打板球。我很喜欢那段日子，我会带上自制的午餐汉堡，苏西会带一瓶红酒和一壶咖啡，我就坐在椅子上看《泰晤士报》。比赛的人不多，每次听到有围观比赛的人喝彩，我都会加入他们，喊一句："好样的！"我觉得我还是挺发自肺腑的。

"哦，你别喊了，詹姆斯，你又没看，看你的书吧。"

"我只是想体会一下竞技的感觉，参与一下，随便喊喊。"

为了体现我也具备竞技精神，夏天的时候，我偶尔会和苏西在学校的网球场见面。她在圣安妮拿了冠军，希望能参加高校联赛。她希望自己能打得出色，而不只是得个第一而已，可是最终让她失望的是，她的名次不进反退。

“海达那个贱人，”她说，“我四次有三次能赢她，但是她是秘书，我连个跟她打的机会都没有，除非我也像她们一样卑躬屈膝，没门儿！”

有一个下午我去找苏西，惊讶地发现，她在一场激烈的比赛中，对手居然不是软萌的大学女生，而是一个头发脏兮兮的、满脸通红的小伙儿，他狠狠地把球打了过去。他说话带口音，在宣布自己得分的时候尤其明显。他还去敲过苏西的门，纠缠过她，并且苏西还屈服了，虽然这件事苏西并没有告诉过我。苏西瞧不上他，比喻他是兰开夏郡砂锅。很显然苏西打算给他上一节课，嗯，或者是两节。

第一节课就发生在球场，即使我不太会打网球，但是我也能看得出来，苏西的这个追求者虽然能接住第一个发球，也能回出一个正手反击，但是接下来他的表现就很初级了。他的反手不太行，他在场上笨拙地移动，像一头狗熊，既没有技术，也不优雅。

苏西跑过去，一个角度刁钻的扣杀，球旋转着飞到了对面。一个高球之后，她又扣出一个小球把他引到网前，紧接着的一个高球就这么从他头顶飞了过去，虽然他很爷儿们地尝试挽救，可还是不行。他坐在场边喘着粗气。苏西看都没看他，也没给他喘息的时间，接着就开始了自己的发球局。

苏西轻盈地在场上移动着，如果我闭上眼睛，就只能听到她上衣在沙沙作响。苏西在场上轻快地滑动，打出一个又一个完美的击球。她发出原始的低吼，正如网球冠军莫妮卡·塞勒斯每次击球的时候一样。每个人都很震惊，却无人提醒她停下来，就好像一旦开始放屁就不可能停下来一样，塞勒斯看起来当然不像一头猪，可是她听起来像。

苏西用自己残暴的方式手刃了她的对手，狠狠羞辱了他，让他心服口服，看着他一脸颓废，无功而返。她从里到外地赢了他，在得分的时候还模仿他的口音。苏西不喜欢北方人，甚至可以说是厌恶，但是她忽略了最基本的地理常识——从伯明翰到苏格兰都算是北方，你很难区分约克郡和兰开夏郡，苏西坚持北方都是工厂和矿场，而北方人又都是肮脏、丑陋的，被生活所累。

当我对她这种行为提出异议的时候，她笑了。

“北方人，”她说，“他们不仅肮脏丑陋，还和德国人一样迟钝。你对他们说什么都行，他们之间也经常这样，以前他们羞辱人的时候都这么说话，他们根本感觉不到的。”

“可我觉得他还是很受伤的。”

“是吗？好吧，那也许他就不会继续缠着我了。”

果然，他再也没有来找过苏西。另一方面，我激动地发现了苏西麻木且具有攻击性的一面。

我那时候还是个处男。我大部分的同学失去了他们的第一次，有的是主动，有的是被动，主动的当然会被人羡慕，但是后者也不失为一种乐趣。可这种室内运动让我感到害怕，感到恶心。那时候小

伙子们中间流行一起读一些同志小说，很显然，那也都是些正儿八经的书——艾德蒙·怀特的书。我也看了一两本，想看看这都写了些什么，可是发现里面那种事情的情节越多，就越不吸引我。

我也曾经偷偷摸摸地手淫，都是尴尬地赶紧完事儿，我只是把这当作一种发泄精子的途径，而不是用来定义热情奔放的年轻男性的某种行为。我的性生活是隐秘的，安静秘密地发生在厕所，然后被清理干净。

我知道苏西放荡的言辞让她成了一个乱七八糟的人，但是可能也不仅仅是因为这个。她是个热情、自由、穿着奢华的人，她打扮得大方得体，高贵得让我震惊，她总是挺直了背和肩膀，像我一样规矩。特别是苏西奔跑的时候，看着她大步向前奔跑，就像看一只奔跑的豹子一样赏心悦目。

我还没见过豹子呢，或者也没见过女孩子。我潜意识里知道自己是个未经训练的、笨拙的人，可当我意识到这些的时候，我的身体已经瘫倒在铺着印度床单的床上，而那张单人床就在苏西的房间里，这实在太吓人了。

那些色情的录像带或者淘气的杂志一向都很难入我的眼。当然了，学校里面有些男生会有一些这样的东西，不过看这些东西的时间都很宝贵，你要看得很快，还惴惴不安地害怕被发现，被羞辱或者被惩罚，或者被告诉自己的父母。

如今，八岁的小孩儿都会上网了，他们从网上可以搜到不同的关于性的信息，这些对他们来说过于成熟的内容，开始让他们不加思考地做了一些事情，他们揉搓着自己还没有发育好的器官，激动兴奋地做着“运动”。

阴道，我到现在也不知道还有没有更好的词来代替这个词。苏西称之为“小妹妹”，听起来还有点儿可爱，但是这个部位跟可爱也很难扯上联系吧？我不喜欢。在博伊尔斯顿学校，男生那里叫“下面”，女孩子那里叫“洞”，那一脸淫邪的表情证明他们知道也深爱着这些不怎么得体的词语。

“老天爷，博伊尔斯顿，”我说，“你这么说就好像是个伤口。”

“本来就是个伤口，不然为什么总是会流血？”

私处，我决定使用古老的英语词汇，稍微有一些历史性和语言的庄重感——乔叟就这么用。这种用法还是很新鲜生动，也很时尚。我偶尔也见过这画面，也知道什么词语都不足以描绘，但还是充满了敬畏、恐惧和渴望。

性交大概跟开车差不多，一开始发动机没预热的时候是没法启动的。慢慢给油，松离合，不徐不疾地从一挡换到四挡，一切都要顺其自然地进行——如此发动机里的机油便会慢慢热起来，充满整个油路，这样你才会有满意的驾驶体验。当然如果你开的是辆法拉利，可能会有更好的体验，不过我是买不起。

一旦我跨过了最初的理解，学会用自己的能力延长时间，我和苏西之间的性生活就变得更加有活力，也更令人满意。苏西带我入门，告诉我这样那样。我才知道胸部也是会有反应的，我自己的也是！女人的器官和男人的有一样的功能和反应。不过，一开始的几个星期，这件事情就是一个例行的任务，而且完全取决于苏西。她之前有过四个情人，我想她应该很乐意主导这件事情。

在我失去童子身之后，真正让我警醒的是，女性的阴道和我想象的是如此的不同，它们更危险也更复杂。这是个肩负着多重任务的器官。不撒尿的时候，它就流血，还要承受男人的那玩意儿。小心！宝宝也是从这里生出来的。真是如大海一样深邃危险、深不可测的器官啊。

一个夜晚，我们下午刚听完一个报告，喝完了一瓶廉价的红酒，喝着跟醋一样，苏西就说："我们滚床单吧！"她是个性欲很强的人。女孩儿都这样，完全不受控制，她们也不是因为坠入爱河，有时候只不过是因为喝多了。不是说她们都是小荡妇，只不过她们就是喜欢做爱，做很多爱，这对我来说是个新闻，对我这一辈的很多男人来说都是，我们始终都不能完全理解这件事情。

我们脱了衣服躺到床上，苏西好像又有什么新点子了。她爬到了下面，用自己的胸部蹭着我那里。我一开始是完全没有什么期待的，这样的姿势，苏西的下面就刚好顶到了我的脸上。我看着天花板，上面有一个小窗户，挂着褪色的缎子窗帘，还有苏西的下面。渴望着与我灵肉合一，像想被救赎一般。

我很震惊，像一只快要淹死在大海里的甲虫，绝望地游着，寻找着求生的希望。我深深地吸了一口气，沉下去或者游出来，我伸出我的舌头。"高一点儿。"她催促着，调整着自己的姿势。我就像一个海洋生物一样舔着她，我们心怀感恩地相互安慰着彼此，合而为一。我被苏西的胳膊紧紧箍住，她的腿在我的头上。我觉得她有很多肢体，像一条章鱼，正做着奇怪的事情。

苏西转回了正常的姿势，我把自己往胳膊肘里压了压，想要去温柔地亲吻苏西的鼻子。

“你在想什么？”苏西问。

“我想我爱慕你。”

“哦，别。”

“为什么不？”

“爱慕是给上帝和圣贤的，我没有这么崇高，我也不是天使。”

“那真是谢天谢地！”我说。

“不过我很开心有人爱我。”她轻轻地说。

我没有回答。

苏西快要死去的时候，身体发生了惊人的变化，我能看到她的身体在腐坏。那曾经青山绿水的地方变成了污秽的矿场，充满了肮脏和焚烧的黑色痕迹，发出一股腐臭的味道。她可怜的胸部，那被毁掉的躯体——变得陈旧、腐烂，充满了褥疮和眼泪。

黑暗，黑暗，黑暗，没有尽头的黑暗。

当画面失去亮光，我会用自己的记忆再去点亮它。我努力回忆过去，忘掉最后的痛苦，那些画面出现在脑海里，哪怕只有一瞬间，我可怜的、亲爱的、年轻的苏西，我的女孩，我的妻子，我一生的初恋，我唯一的爱人。

终究，除了那些残存的记忆和画面，现在的我还有什么呢？时间对我来说已经静止了，不前进也不后退，时间的长河打着旋涡偶尔带来一些我曾经见到过的嘈杂喧嚣，暗示着有什么事情即将发生。我看着苏西从年轻走向衰老，从鲜活的生命走向无法逆转的死亡。我也看到了自己，那个忠诚的、充满希望的、愚昧的自己，很快也会变成一具无用的尸体。

苏西说，写一部小说，开头是最困难的部分，除非你找到了合适的基调和语言，有了明确的观点和主线，才能知道你要怎么去塑造人物，去发展情节，去做结尾。但是她还是很快就写出了她的第一部关于猎场看守人的英文小说用来放松自己。“应该不错。”她声称。做个普通的大学生很轻松，很有趣，但是做个小说家就不是这么回事了。乔伊斯和纳博科夫可不是在闲逛混日子的。

苏西在牛津上大学的最后一年写出了《磨坊》，又在接下来的一两年里不停地修改重写。小说发表的时候她已经二十四岁了，却没有受到广泛的认同和关注，更多的是批评。她当时有五个审稿人，其中两个人期待着她的下一个作品，他们觉得这部作品也很好，但是还不足够好。

苏西也这么认为，事实上她觉得这作品也没有他们说的这么好。

“但我已经尽力了。”她叹息道。

她是一个非常认真的小说家，她上大学的时候就很聪明刻苦。她认为如果你希望能向命运给你开的玩笑发起挑战，那你就必须专注，这是她最喜欢的词语——专注。专注既是专心也是一种提取，这是对的，是不是？小说家都应该专注。苏西以前并没有这么专注过，她做任何事情都是手到擒来，她更喜欢简单的、不需要付出太多努力的事。

《磨坊》是个长篇，是本很好读的自传体小说，正如她的预想一样。不过苏西的爸爸却觉得这本小说让他不舒服。他不习惯这种不舒服的感觉，他不喜欢这样。可亨利先生还是被感动了，当他的女儿被称赞，而他被称赞培养了这么优秀、才貌双全的女儿时，他被感动了。但是苏西描写的那个自大的乡绅角色，只是为了好笑而已，并不是为了嘲笑或讽刺任何人。

“当然不是以我为原型啊！”有人在晚餐聚会上提起这件事，他赶紧反驳，但人们还是这么认为。几个月以后在多塞特郡的一个晚餐派对上，仍然有人这么挑衅他。

“好吧，亲爱的亨利，你必须承认他长得像你，声音也像你，有很多你的特质。”

“特质？胡说！他没有我的驾驶技术，也没有我的正直，更没有我的幽默感。”他气鼓鼓地说，“不，我聪明的小女儿只是套用了我的外壳，可她明明写的就是另一个人。”

可这刚好就证明了他的小女儿就是按照他来写人物的，他的大嗓门、小耳朵。听力不好让他听不到自己说话，于是只能扯着嗓子喊。

苏西从来没有担心她爸爸会因为这个角色而生气。“他太对号入座了。他只要记住自己在我的小说里出现过就行了，根本不用管我怎么写的。”这句话说得特别有先见之明，在这之后，他们就再也没怎么提起过《磨坊》这部小说了。然而，她爸爸却希望她能再写一部小说，写一个发生在印度的故事，真是个杰出的主意！

和她的父母不同，我毫无保留地为我聪明美丽的姑娘感到骄傲，也很高兴能够支持她写作。这么年轻就成为了一个小说家，她需要不懈地努力写作，要找到生活来源并生存下来，要厚着脸皮日夜奋斗在书房，从无到有地奋斗着。

我祖父母在我还是个孩子的时候就去世了，他们留在我脑海中的记忆很少，我只能靠着照片来回忆一些跟他们之间的事情，但是我却从他们那儿继承了一笔遗产。很大一笔钱，我从来没告诉过苏西有多少钱，她也没问过。这笔遗产非常可观，足够我们不需要担心生活，不需要去为了活下去而选择不喜欢的工作，为了可怜的薪水牺牲自己的才华。我们不会太富有，但也绝对不会落魄。

可我还是希望我们能有一份自己的工作：我教书，苏西写作。生活是高尚的，写作和阅读都是把现实中的生活搬到书上来。文学就是我们的生活导师，是我们的热情所在，是我们需要的全部。在我们的职业生涯里，值得庆贺的是我们不需要去区分工作和快乐，这也是一种难得的幸福。

苏西着手写第二本小说了，然后惊愕地发现自己又回到了在牛津的时候，她很生气。

“这是怪我了？我不想写关于大学时候的小说！太无聊了吧！但是贝蒂夫人的课，那些担心学业的许多个下午，古老又无聊的牛津修辞，这些情节和记忆，还有那些人物不停地在我脑海中晃悠。当我想把它们关掉，不听不看的时候，我还是会被这些思绪干扰。”

“我在里面吗？”我知道我比她父亲好多了，毋庸置疑——或者基本上确定——苏西爱我。她作为小说家的一面，有着犀利的言辞和眼光，特立独行，并且我也没有期望自己的青少年岁月能出现在苏西的笔下。

“当然没有你了，亲爱的，别担心，你很安全……”

“太好了！”

“我不想写你，不知道该写些什么，我也不想写牛津，我自己都觉得太无聊了，不是吗？我想向前看，但是我的潜意识就是不肯放过我。”

这不是我第一次听到她这么说了，显然也不是最后一次。我发现自己到后来都不理会她的这些话了，一看她我就知道她要说什么，这些话已经深入我的潜意识里了。我从餐桌前站起来，把椅子推进去，然后想去找一本书看看。

“喂，我让你这么无聊吗？那真是对不起了，你要去哪儿？”

我拿了一本 D.H. 劳伦斯的书，翻看着扉页和目录。

“我找到了！听听这个，出版过《白孔雀》之后，D.H. 劳伦斯是这么说杰茜・钱伯斯的：‘没有出版商会在意第一本小说，他们知道是个人都能写小说，第一本小说大部分人会写关于自己的故事，可如果他能写出第二本，那就会有很大进步，第三本也是。如果他能走过这座桥，他就是个作家了，然后就能一直写下去。'”

“这个自大的混蛋，”苏西说，“别看了！”

“这不重要，重要的是他的意思是你完全可以写关于牛津的小说啊。”

“天啊！我得到了 D.H. 劳伦斯的许可。这可真是拔掉了我心头的一根刺啊，如果我有的话。”

《牛津新贵》这本书于三年后出版了，跟上一本一样写得很匆忙，然后修改了很多次。如果有一天得州大学要整理苏西的书稿，就会发现好几箱跟这本书有关的稿子，从一开始只写了十一个星期的初稿，到最终改了好多次的定稿。

但是即使如此，《牛津新贵》还是为了迎合那些评论家而违背了本意，但也是因为苏西自己，她的心根本不在这本书上，她就是写了自己大学时候的那些事情，当然也掩盖了很多，没有写出来。她一丝不苟地、充满疑惑地坐在学校前面，观察着学校（她觉得圣安妮不像默顿一样有灵魂），她在花园里看着石头渐变的颜色，看着阳光和风雨留在教堂顶上的颜色，看着那些郁郁葱葱、不断生长的桑葚，她有一打方法可以把阳光分成不同的渐变色。当你读苏西的散文时，一切都跃然纸上，你能真真切切地感受到书中描写的画面，因为她总是仔细地观察着这个世界的一草一木。

我发现这真的很难避免，虽然我从来不说出来，但我们的婚姻的确是建立在克制上的。或者应该说是学会什么时候讨价还价，什么时候应该闭嘴。两个人在一起生活就是要互相迁就，互相尊重，互相适应。早晨的口气、不同的睡觉习惯和起床习惯、打呼噜、放屁，这些个人不同的习惯让很多年轻夫妻过得一团糟。我有得来的遗产，我们可以一起分享，苏西性欲很强，却无处安放。

但有一件事情真是需要很多年来摆平，就算不能解决，也要适应。她曾经也幽默地承认自己是个小荡妇。她总是到处乱放东西，地上有，桌上也有，从来不收拾，所到之处总是一片狼藉。这个我就不能忍了，说了她好多次，可是她总给我贴标签说我是个控制狂，是个挑剔的人。问题——这么多年我们都试图解决这个矛盾——是我们都没错，可就是互相不容对方。

早些年，我们商量着停战，分出自治区域。公寓的一部分，像厨房、客厅、厕所，那些需要规整的地方归我管。其他的那些，像她自己的书房，楼下的厕所就随便她怎么乱弄。每次我走进她的区域，表情都会抽搐，很难控制。

每段婚姻里总有一个人要设置一些界限，总有一方在利用另一方——实际上比听上去更糟——总要有人建立规则。她从来没打算变得整洁，但是她会把自己的糟糕控制在一定范围内。她甚至成为了一个厨艺被接受的厨子，虽然她还是喜欢把一些东西胡乱混在一起，是个黑暗料理专家。她时常突发奇想地混合使用各种酱料和辣椒——高良姜、哈里萨辣椒酱、香蒜沙司、印度香料……这个清单可以越来越长。她开始很享受这种开放思维的创造，她比我更喜欢尝试新的味道。

糟糕的是她做饭的方式，就算是一顿很简单的饭，她也能用光厨房里所有的锅碗瓢勺。

我鼓励她学习烹饪的时候，完全没打算让她洗碗。她完全无法区分干净的碗和脏的碗，也不听我的——如果你这么有洁癖，那你自己洗好了。但是她用自己洗的碗吃光自己煮的东西很有满足感，我就明白了她根本注意不到，或者不在乎盘子干不干净。我还是坚持自己来洗碗，她能举出好多关于我挑剔的例子来。

我不敢让她收拾东西，那样子东西就再也找不到了。我们所有的文件都是我来整理的。我在厨房里也有一套规整的系统，干净、整洁、可靠，只要苏西不收拾东西就没问题。我负责采购，把所有的东西收拾好，吃完饭收拾干净，再放回原来的地方。苏西完全不在意，甚至都没注意过，因为她也不打算学着规整——即使我重复教了她好多次什么东西应该放在哪儿，她也完全不在乎。

苏西把自己的注意力放在更重要的事情上，比如在写作上她从来都不马虎大意。她写东西的时候，时而是个画家，时而是个气象学家。读她的书稿，我倾向于跳过这些内容——如果我想要看云彩和大树，我可以去散步啊。我喜欢的小说要善于观察生活，有想法，有情节，有好的角色，兼备激情和讽刺。这样的小说根本不需要什么打雷和闪电的剧情，也不需要什么小粉红、什么静脉曲张，这些强行描写的内容只能让你感受到词汇的匮乏，看到事物不完美的一面。这太无聊了。

她的新小说——如果能说是小说的话——还有一个错误让我很崩溃。苏西的小说里的人物每次在有情绪波动的时候，生气也好，争辩也好，都是用说话来表现的。举个例子，就是整整一页都是这么一个人在说话，对方就跟睡着了一样，一句话都没有。

“他就这么一直说下去，是吗？”我说。

“不行吗？”

“可这不准确啊。人哪会这么说话？人们交流，倾听，打断彼此，对别人的话有反应也有争辩。人们平时哪有机会喋喋不休，一直说呢？”可能我说得太重了，也可能是在我多次尝试练习用包容的态度去看她的小说稿子之后，越来越沮丧，或者具有了攻击性。

苏西的反应也很大：“我这又不是纪录片，好不好？这是个文学作品。我又不是打字员，要那么简洁干什么？小说里的人物，正因为他们不是真正的人物，才需要更多刻画，需要更多的语言来表达他们的想法。这些人物比真正的人更聪明，更清楚。这也是我们为什么更喜欢小说中的人物，而不是公交车上的那些俗人。”

“如果你不小心，”我小心地说，“你最后会变成一个像菲利普·罗斯一样的作家。”

“他怎么了？”

“嗯，可能不只是。我上个星期读了一下他的小说——我都不知道我为什么要读——那些人物啊，整页整页的台词，一个挨着一个。听起来都像是作者本人在说话，太可笑了！”

“你说的是哪本小说？”

“我不记得了，根本分不清哪本是哪本。关于萨巴斯的那本？我没看完，实在是受不了。”

苏西露出一脸震惊："《萨巴斯剧院》？我很崇拜菲利普·罗斯，他的小说很令人兴奋啊。"

"什么意思？兴奋？你是说你觉得他很好，他的小说令你很兴奋？"

"你别反应这么大。我不会看小说交朋友的，他写得很好。"

"胡说！他永远不可能得诺贝尔奖，你能想象一个小说里面充满了废话和性欲？"

"品特也是这样的作家！"

"这就是他为什么不写犹太教，如果他写了就不会如此了，只有异教徒才会是品特风格的作家。"

《牛津新贵》内容本来很简单，可她就是要把这些情节弄得很难懂，不管是对她而言，还是对她的读者而言。问题就是她总是用最复杂的语言去表达很简单的故事：从乡下来到牛津的女孩子，天赋平庸，不懂社交礼仪，并且不够坚强，也不太聪明，但是还要把这样的人物写成又坚强又有智慧的样子。苏西的新作，一本成熟的书？有生气的书？充满希望的书？或者是天真的书？

这本书的每一个修改版本我都看过，按道理我不应该有那么多批评了。苏西可以接受你跟她讨论题材和故事发展，也很欢迎你质疑她对生活的观察——这些都没问题，她甚至可以更包容，但是我清楚地知道这就不是本好的小说。

《牛津新贵》卖得比《磨坊》要好，虽然评论广泛认为它比较让人失望。不论怎样，苏西名声在外了，她的小说卖了超过五千本，对一个年轻的小说家来说，这可是很好的成绩了，至少比她的第一本小说要好多了。虽然读者有些失望，但是他们并不在意，因为书里有了更多的性爱描写和一些拖拉的情节。那时候，英国女性作家是不太会描写关于性爱的情节的，事实上，苏西年轻漂亮的外表让她的照片在封面上格外抢眼，很难不引起人们的注意。苏西上了几个星期天的访谈，在假日电台播出，那个节目上有很多不错的听众，而且大部分是男性。

亨利先生再也没跟苏西提过小说，这本甚至比上一本更让他感到不好意思。我都能想象他偷偷在书房里读这本小说的样子。他读着小说，里面绝妙的描写手法让他兴奋着，书里的妙龄女郎让他毫无由来地肾上腺素飙升。

苏西的小说通常都描写得很详细，在看了里面描写的一些男人和一些事情之后，我发现这和现实有了更深的联系。我知道苏西在我之前有过几个情人，谢天谢地，我原本不知道这些细节，这下好了，全在书里了。里面的男人们虽然融合了很多的性格，可我还是能从中发现熟悉的细节和瞬间。我真的是怒了。

“你保证过的，”我冲她喊道，“你说过不会把我写进书里的！”

“不知道你在说什么。我没把你写进去，也没把自己写进去，书里所有的情节都是虚构的，他们只是纸上的文字而已，只是些想象出来的该死的角色而已！”

“但是人们看到我都会偷偷笑话我。”

“你只是在妒忌我的前男友们，你太可悲了！”

“是吗？我还以为他们只是纸上的文字而已！突然之间他们就是

真的了？我昨天在大棚市场碰到曼迪，她看到我居然脸红着傻笑！我发誓她在观察我……”

“这是你的问题，你自己搞定。”

好吧，我不在乎了。我还要读完我的博士，离开牛津，去剑桥。我在那儿有几间不经常用的屋子，我要去那儿好好做我自己的事情。

现在是时候让苏西写一本巨著了，一本需要她用心打磨的作品。D.H. 劳伦斯让苏西相信《牛津新贵》这本书在她成为作家的道路上起到了决定性的作用。毕竟，D.H. 劳伦斯也是在写完《白孔雀》之后成为一个职业作家的，或者更糟，在《逾矩的罪人》之后？这两本都是自传体小说，里面都有大量的色情情节，能让你远离一九一一年和一九一二年的战火喧嚣。然后呢？《儿子与情人》！这第三本小说证明了作者对他或者她是真有感情，像是在青春期中重新定义了青春期。

每天早上，她都端着咖啡回到书房，坐在书桌前，书和本子放在旁边——就这么坐着。有时候她也会哭，但是她总是很小心地轻轻哭泣，然后擦干泪痕。

“可悲”这个词语用来描绘人的想法时有点儿过强，又有点儿过弱。饥饿的人们、受难的人们、失去生命的、失去亲人的、悲惨的病人，他们都是可悲的。苏西知道自己这种强烈的不悦对于一个作家来说是很羞耻的，她说自己被塞住了，在真实的悲伤情绪中无法提升，她承认她能做的只有不停地写着该死的书。

当她没办法摆脱这种情绪时，绝望就显得尤其真实、强烈和漫长，而且没办法救赎。你可以给饥饿的人食物，可以给快要死的人治疗。可对于苏西来说，她沉浸在悲伤中，没办法安慰，没人能解决她的问题。

不过事情总是否极泰来的。六个月以后，她摒弃了最初的草稿——她非常擅长或者说自信到觉得第一稿简直是垃圾，然后她决定把小说的背景设定为印度，这简直太不好处理了，故事也不合适。

她再次开始让自己忙碌起来，做一些更简单的事情，她帮我做研究，在二手书店找了一份工作，再也没写过一个字。我觉得她自己放弃做一个小说家，正如一个下身麻痹的人放弃登山一样，是因为能力不够。

但是一个瘸子也会梦到高山，也会向往自由地滑雪，攀登，呼吸稀薄的空气，虽然放弃这种生活让人很难忍受。然而，苏西在书店工作的两年里非常开心，她喜欢整理书架，偶尔也会看看那些畅销书，喜欢和客人交流，喜欢去找那些比较生僻的书籍——即使这时候她也会不高兴，也会偶尔想起被自己抛弃的作品。她没有更高的目标了？她根本就没有目标了，她这是在逃避。

她的绝望没有更深，却也没有消失。一天又一天，她对我，对自己，假装很满意自己的选择，然后暗自为了没有成为作家而忧伤——没有成为合格的作家。

很多朋友建议苏西去做心理治疗，虽然我不知道这是什么，但是能帮助苏西走出悲伤的任何事情，我都愿意尝试。可我该怎么挑选治疗师，一个合适的治疗师？确实有很多机构，也有很多治疗师，朋友们推荐了名声很好的 X 先生，还有智慧超群的 Y 女士。可这是一个长期的过程，而且很贵。

在超市里挑葡萄就很简单，你看看，闻闻，捏捏，选选，就能挑出最好的来。可是这对于挑选治疗师并没有什么用，难道你还能闻出来他们是不是好的治疗师吗？苏西只有两个要求，首先她要一个女性治疗师，因为女性更可信，其次她不接受弗洛伊德。“如果我需要找男人，”她坚定地说，“我会直接点儿，不需要别人来提醒我。”

她尝试了一两个治疗师的一两个疗程，可最后都失望地离开了，她们根本无法说服她。接着她被介绍给了茱莉亚·弗罗梅尔博士，她是爱丽丝·米勒的学生。苏西清楚地记得在尝试了两个课时之后，她们达成了共识，坐下来开始聊聊怎么能进行全面的治疗。

她喜欢这样的治疗，她每次从茱莉亚那儿回来都会把当天的内容记录下来，上面还有注释和笔记。她把这些都放在书桌的第一个抽屉里，我怀疑她希望我能去偷看。

我看了，或者我没有看，其实能有什么差别？我可以假装我真的去翻了她的抽屉——小说家总在这么做，我也是。可是我真的不记得了，唯一让我能记住的方式就是编一个情节，让自己都相信这件事真的发生了。

或者它们就是真的。大多数发生在很久以前的事情不可逆地消失了，这让我感觉很多事情是编造出来的，而写下它们才能让它们成为事实。

那些沉迷于清晰记忆的人，可以从中得到安慰。过去就是一团迷雾，看不清，摸不到，你不确定它们是不是真的发生过——谁晓得呢？但是那些可能发生的事情都应该发生过，亚里士多德说过一句相似的话，只不过表达得更明确。

如果我给苏西看我写的关于她的部分，她不会不赞同的。我希望她能为我感到骄傲，为我感到自豪。终究，我写作的一部分原因是为了她。

治疗的效果很理想，苏西不再喋喋不休地说自己不开心，弗罗梅尔博士也并不在意她说的那些细节。她们的共同目标就是让苏西想起不快乐的童年——那时候的她不开心，得不到爱，也从来不会为自己发声，因为不快乐的童年带给你不快乐的人生，快乐的童年则带给你快乐的人生，这是个很容易理解的公式。你需要做的就是治好你身体里的“小孩子”，小苏西被唤醒，被重新释放，让她感到真实，感到鲜活，会重新感到快乐。

“这很像艾佛利兄弟，对吗？”她舒舒服服地深陷在椅子里说。

“你再说一次？”

难道弗罗梅尔博士从来没听过菲尔和唐的歌？那她还开什么心理治疗所，天天对着巴赫和托马斯·曼，不是很无聊？而且这不是个好兆头，这说明弗罗梅尔博士可能也不理解双关语，不太懂语言的乐趣。苏西又有了新的忧郁。

苏西的幻想总是丰富多彩、天马行空的，然后开始一点一点忘记了那个被她深埋在潜意识里的、生气的小女孩儿，忘了去倾听她——弗罗梅尔博士坚持认为这个小苏西一直在努力地让自己被别人听到。小苏西觉得自己被忽略、被围堵，她觉得生气，觉得不被关爱，她渴望再出现，渴望被拥抱——那些不快乐不是她的错，为什么要自责？成年的苏西应该开始反省。

弗罗梅尔博士说这个疗程跟弗洛伊德的自我罪孽的那套理论完全不是一回事儿。小苏西没有恶意，不需要被清理，也不需要被打压。弗罗梅尔博士还建议：可能你们需要一个孩子？而这个建议，最终的的确确把一个孩子带到了这个世界上。

苏西对治疗没有异议，还饶有兴趣地用自己的方式阅读了弗罗梅尔博士的书，很少提出批评，她在一张纸上写下了书中的中心思想，然后把它贴在了书桌前的墙面上。

> 学习是倾听的结果，倾听自己之后，才能更好地倾听他人。换句话说，倾听我们的童年，我们必须感同身受，这种共鸣会随着我们成长。

这个想法是很好，可问题是，苏西发现了内心的小孩子之后，并不喜欢她。

“这个爱哭鬼，小贱人。”她想起了一些事情，看到小苏西因为反对别人，嗷嗷叫了一个小时，趴在妈妈的膝盖上呕吐。那时候的她只有四岁，所有的反应和语言都还比较初级。那时候，邻居们都不让自家孩子跟苏西玩儿，免得她的语言给自己的孩子造成终生的影响。

“我是个可怕的小女孩，难怪没人喜欢我。”

这不是弗罗梅尔博士第一次听到苏西说这样的话了，她以前的病人里也有过苏西这样的情况。苏西当然不喜欢小苏西，因为小苏西结合了苏西父母双方对待她的态度——他们都不喜欢苏西，总是把她和保姆放在一起，不闻不问，而他们自己则去追求奢侈的生活。

小苏西觉得自己是个负担，不配得到父母的关注。她很缺爱，很爱哭，很固执，童年的她喜欢发脾气来表达自己的不快乐，这也让她的父母更不愿意亲近她。

“也许，”弗罗梅尔博士说，“你选择写书成名，也是为了引起父母的注意？现在你卡住了，是因为你潜意识里并不认为自己能够做到？潜意识都是很聪慧的，如果你能多听从自己的潜意识，你会学到很多东西。”

这让苏西比平时更生气了。

“我没想过要成名，我只是想写出一本好书，然后可以远离父母，自食其力。我想要疏远我父亲，他就是个小丑，我讨厌这个混蛋。”

“嗯，好，那你为什么……”

“你要告诉我什么吗？”苏西问，“我倒是想知道，你能说出什么来？你讲起话来非常小心，每一个词语你都要斟酌再三，你好像还有所保留啊？”

“我不知道你这是什么意思。”

“和亨利·希金斯一个意思，你这个卖花女！你到底是哪里人？”

这让弗罗梅尔博士非常不舒服，也让沉默比以往更长了。

“维也纳，我来英国接受分析培训，然后就在这里工作了。”

“我就知道！中欧人！我一直期待着你能把V发成W的音，放心，我可以帮你把舌头捋直了说话的！”

“好吧，”弗罗梅尔博士小心翼翼地避免发音错误，“我希望我已经回答了你的问题，那我们现在继续？”

“继续？我让你继续！这就是我反复地给你压力之后而得到的东西，是吗？负能量转移？事实上，这几个月以来，我又依赖你，又讨厌你。”

“是的。”

“算了吧。你的方法！你的方法！你的方法！无聊又认真，残忍又压抑。我真想站起来使劲儿晃醒你！”

弗罗梅尔博士很高兴听到苏西这么说，现在苏西内心最深处的想法和感受都被发泄到了这间屋子里。她看了看手表，今天的时间就快结束了。

“我们下周又有许多可以做的了，”她说，“下周见。”

“肯定的！”苏西站起身来，匆忙又愤怒地离开了，没有多说一句话，没有多看她一眼。

到了下一次的治疗，弗罗梅尔博士就接着上次的谈话继续了。

“我相信，”她说，“上次我们有了很好的进展，你发了脾气，叫喊，想要打我，这些都是小苏西的声音。”

“不，那是大苏西的事！”

“我想让你知道，不管你是多么可怕的人，我永远不会拒绝你。”

“你是说直到我的钱用完了也不会？”

“我是说只要你不放弃。很多人会很生气，然后就走了，放弃治疗了，又回到那个最初跟父母对抗的状态。但是我们都可以解决这些问题。”

“你是对的，我想放弃了，我不觉得你能给我带来什么帮助了，我觉得这一切对我都没有好处。”

“你想我帮助你什么？”

“我不知道。就帮我认识认识我内心深处的那个小混蛋吧。”

“这不是你自己的判断，你只是重复了你父亲对你小时候的判断，你把他的声音当作了自己的。”

“我的父亲本来就没有爱心，又自恋。但是他对我小时候的判断没有问题。”

“我不知道你为什么要坚持这一点。”

“我曾经被宠坏了，只关心自己，爸爸妈妈都为我感到不好意思，保姆完全就是放任我，在她看来我做什么都是对的，我想要什么都能得到。我父母有多忽略我，保姆就有多宠溺我，这是极其错误的组合，这让我成了那么让人讨厌的小女孩。而我现在还是很易怒，容易暴躁，还是需要被宠爱着。”

她说完之后，房间里安静了一阵子。

“而且你知道吗，昨晚上我忽然顿悟了，每个人都应该有这么几个突然清醒的时刻，我根本没有心理问题……”

“你为什么会这么想？”

“因为我本人的问题更大！我不是因为别人对我不好而不开心，我不开心是因为我就是个狂躁易怒、只考虑自己的人。我需要帮助，但是我更需要上帝能原谅我，给我精神上的帮助，而不是心理上的帮助。我很沮丧，因为我活该。”

“我认为，”弗罗梅尔博士说，这是她第一次说出这样的话，“我认为我们解决了自负的问题。”

“自负是那些招人爱的人才有的东西。”

“你能原谅你自己吗？”

“为什么我要原谅我自己？我被宠坏了，我一直以来都被宠坏了。我没有什么自尊心，这也是我为数不多的几个值得欣赏的特点之一。”

苏西站起来，这次的治疗才进行了一半。

“我会把这个月的费用寄支票给你，我已经感觉好多了，没什么好感谢你的。”

苏西提出结账，这样弗罗梅尔博士看起来是长舒了一口气。下一个星期四的早上十点整，本来是苏西该去做治疗的时间，她走进书房拿起几页新写的小说丢进了垃圾桶。关于小说，她没有更好的主意了，除了不再写印度了。

事情的进展仍旧不怎么顺利，这一切都不在苏西的意料之中。她的沮丧如弗洛伊德所说，已经转移了，变成了日常的不开心。苏西只能觉得这很正常，不开心也有不开心的必要，这或许跟工作是相关的。

“你看啊，什么是最好的小说？都是记录人类悲剧的。《包法利夫人》《一个贵妇的画像》《罪与罚》，都是这类的。”

我知道我不应该去跟她辩论，可我忍不住啊，我就是个爱举反例的人。

“哦，是吗？你是不是忘了《尤利西斯》？还有《哈克贝利·费恩历险记》，还有……”

苏西并不买账，她直接让我住嘴。

“闭嘴吧，詹姆斯！这没关系，作家就是要做一些他们做不了的事情。我们都是最后的柏拉图那一派的人，我们每天都在挣扎着想把事情做到完美，把最完美的词语用最完美的顺序排列起来，每一天、每一个画面、每一个句子、每一个段落，可是我们做不到，我们能做到的就是一次比一次更华丽的失败。”

“然后感觉好点儿？”

“不，还是很受伤。”

我不同意，我觉得这很浪漫、很丰富。如果苏西一直都抱着这样的一个态度和概念，那么她的新书永远都写不出来。就像是塞缪尔·贝克特在你肩头指导你写每一段一样，你永远都不能自主地写出自己的文字了。而且有抱负的作者若想要写得更好，都会去读物理学，任何东西，而不是只读英语。

“放宽心态是不是会更好？陶艺工人也能做一些很漂亮的工艺品，对不对？但他们就不会对自己做的东西感到大惊小怪！”

“不是大惊小怪，我只是想写出正确的东西来，这就是我想做的。”

在这个时候，苏西已经开始在键盘上敲了起来，我仍旧没办法抑制我的愤怒。她在治疗期最痛苦的时候放弃了，这还是在逃避，想走捷径。她假装自己已经找到了更好的解决方式，可事实上她的心理问题更糟糕了，她什么都没解决，还浪费了很多钱。

“那你现在写的这是什么呢？”

“不确定，我知道了会告诉你的。”

写作大多数时候是一种艺术，而不是某种工艺，是不能完全依靠灵感的，虽然偶尔灵感也会有用，应该说大多数时候灵感是有用的，苏西很依赖也很尊重灵感。十一点的时候，她出来休息，喝了杯咖啡，然后回去一直工作到吃午饭的时间。工作的时间不长，但是一个小说家如果真的有东西写的话，一天工作四个小时差不多也就够了。

苏西干了什么呢？她就是坐在那儿想，然后在便利贴和笔记本上记点儿东西，时而敲在屏幕上一些。其余的呢？根据我后面的了解，她就开始想着那些羞羞的事情了，然后越想越多，开始满足她自己。“这就是作家要做的。”她就是这么认为的，她躺在沙发上，面朝着窗户，裤子褪到了脚踝处。

“我们需要让自己兴奋起来。”她也参加了几个座谈会，并加入了一个常规的作家协会，每当她提出新的主题之后，都会从其他作家那里收到许多的认可，可大部分说得都一样。

“真是焦虑！”其中一个男的说。他正在写一本无聊的书，是关于在英格兰湖区散步，欣赏石头和羊的书。“受不了了，我让自己爽一次花了两个小时。”

“然后你又来了一次？”

“是啊，我的纪录是八个小时来了四次。”

“那一天你码了多少字？”

这男的说他不记得了，当然这也不重要，对不对？

一个早上，我违背了在她写作期间不能进书房的规矩，我走进书房去找东西，看到苏西慵懒地、四仰八叉地躺在沙发上。

“天，对不起，我只是想找……”

“好吧，”苏西说，“你自己选吧，要不你过来，要不咱们就因为这个事儿一直尴尬下去，很简单吧！”说着她转过身去，继续玩着自己的身体。我有了反应。

接下来的场景就没有什么特别了。我差不多下午一点的时候又去了书房，那时候她已经写完了，正全身赤裸地躺在沙发上，这简直让我美梦成真。我们做爱的次数越来越多，也越来越愉快，比以往任何时期都要愉快。

接着就是苏西怀孕了。避孕的事情我一向是留给苏西去做的，很显然她忘记吃避孕药了。我们同意这就是放纵的后果，虽然苏西也不完全确定自己是不是完全没问题。我也不确定，把一个孩子带到这个混乱的世界，好像是一件很仓促和残忍的事情。还不如就让他们别出生，就在上天做一个快乐的小天使，而不是创造出一些小艾玛或者什么小康拉德，他们呼吸着空气，准备索取更多，却几乎又什么都得不到。

这是很漫不经心也不负责任的态度，而我和苏西却为此感到自豪。我们那些已婚的朋友，都注意着受孕期，用停止自慰来提高精子质量。选择在夏天怀上宝宝，是因为天气更好，也有更多的假期来迎接新生命。不用了，谢谢，我们不需要这些主动的家庭计划。如果孩子要来，那来就行了，不来就不来。可是孩子一点一点长大，苏西就觉得这隆起的东西开始奇怪起来，不过她很高兴自己的胸围也跟着变大了，每个月也不用被月经综合征困扰了。哎呀，我们要有孩子了，而且生孩子的过程也很恐怖，那我们该做些什么呢?

毕竟这是我们自己的孩子，我们决定多花些时间留给他。最后四个月，大家鼓励我们多考虑一下我们的宝宝，我们上了自然生产课程。这时候一个新思潮正在牛津掀起了一波小革命，一个叫塞拉·吉茨格的人写了一本关于保姆的书，她违反直觉地认为，生孩子是一个自然的过程，应该更加直接一些，要带着礼貌和精神去做这件事情，她教给了人们这样一个道理。她自己也生了很多孩子，而且每一个都生得相当随意，她的屁股大得像霍屯督人一样，你能感觉到她身体里的生产渠道有多宽。

课上有六对夫妻，还有几个自己来的女性。我们中间没人生过孩子，每个人都不了解该怎么做。我们做了呼吸练习——男人和女人都练习了，我们要学习如何控制呼吸的节奏，怎么把孩子的头逐渐通过阴道推送到这个世界上。那里到时候会充满压力，当然也不会太舒服，这个过程充满了残酷和痛苦。而我们的老师说的正相反，她认为生孩子可以是一个非常快乐、非常愉悦的过程，非洲女人甚至能站着生孩子，娃直接掉在玉米地里就开始嗷嗷大哭。想想非洲女人！呼吸，像做爱一样！记住，新生命出现了！我们要有孩子了，我们自己可以的！不需要麻醉，不需要剖宫产，一切都是自然的，让我们一起来吧！

我们似乎都变成了子宫主义者。一个晚上，有一个三十岁出头的女人来我们课上。她来得很不情愿，好像是被她老公求着来的。她从垫子上站起来，开始穿鞋。

“有什么问题吗？”我们的领队说。

“对不起，这不适合我。我没办法相信生孩子是一个自然过程，没办法期待这种事情发生。”

房间里开始有人小声反对。

“为什么呢？”

“我恨这一切。大肚子，还有肿胀的乳头，让我感觉自己像一头奶牛。我没有感觉自己是积极的，或者是在创造什么，还是什么其他的感受。这太丢脸了，我已经等不及结束这一切了，我会吃药结束这一切，为什么只有我否认这一切？为什么呢？这就是一件巨大的烦心事！所有人都知道的！”她穿上鞋离开了，没有生气，只有绝望，她坚定不移地走了出去。

这一天还是来了，露丝不情不愿地来到了这个世界。她在那边可能确实也不着急，或者也着急不来，这也不取决于她自己。在我们这边，苏西和我不停地呼吸和喘气，希望和祈祷，但是不管我们怎么努力，进展却很小很小。这个不在我们学的内容之中，或者是我们之前练习的方式不对？最后苏西终于找到了正确的词语。

“给我氧气，该死的！”

我真的为她感到骄傲。接下来，苏西开始恢复呼吸的节奏，在止痛药的帮助下继续进行，我终于可以不再假装自己怀孕来做这些练习了，真的是一种解脱。不管怎么说，苏西才是那个把小孩子带出身体的人，又不是我。

“我们要生孩子了！”不，不是我们，是苏西在做这件事情。可能也不是小孩，这是一种对身体里肿块的反抗，是她的子宫在便秘。

“那个该死的塞拉！”苏西嘟囔着，“我要告她！大骗子！”她使着劲儿，用着力，子宫口也慢慢地开始扩张。“这就是自然的？绝对不要再生了！再给我点儿止疼药！我要剖宫产！”她一次又一次地使劲儿，“这真是对女性性爱的最大惩罚！”“该死的！”

一个小时之后，露丝出生了。她的妈妈已经筋疲力尽了，连抱着她的力气都没有了。过了会儿，我把露丝接了过来。我听说新生儿没有办法聚焦，他们都是眼睛转来转去地在看着这个世界，不知道应该把注意力集中在什么事情上面。但是小露丝一下子就用自己那双充满雾气的眼睛对上了我的眼睛。我把我的头往右边稍微偏了一点儿，她的眼睛也跟着往右看。我们就这么相互看着彼此，直到我的眼睛也湿润了。

露丝被放在苏西旁边的宝宝床里，她们两个人都安顿了下来。苏西还吊着氧气，那个反对自然生产的护士还在照顾她。

“我想自己待会儿。”苏西说。

“那你就自己待会儿，亲爱的，我也想自己待会儿。”

“你没明白我的意思。”

“我是说，你才是那个生孩子的人。”我说。刚才她承受那些痛苦的时候，我在旁边无能为力。

她擦了擦额头。她跟我有相似的感受，这让我感到一阵放松。即使这个小宝宝现在已经躺在我们身边了，刚才的过程还是让人心有余悸。怎么会这样？为什么没人警告过我们？我们就这样突然成了一个孩子的父母，却没有人给我们一些充满智慧的、可以实践应用的、如何能做好的方法。

她缩了缩身子：“你能让那个护士再给我点儿止疼药吗？”

小小的露丝睡在床边儿，她睡得很熟，下意识地感受着那些正在包围着她的幸福，假装一切都是她创造出来的。每隔几个小时，她就尝试从妈妈的怀里吮吸奶水，吃奶的时候看着苏西的脸。嗯，一个小小的原罪。

在药效作用下我们可以享受到一丝丝安稳了，这让苏西可以好好地靠近她的小宝宝。我们都同意叫她露丝，我爱露丝。让我和苏西自己都感到惊讶的是她很喜欢做一个母亲，每一个不眠的夜晚她都勇敢地照顾着苦恼的小家伙。于是我很希望，能有一个新的世界，让新的男人们可以做点儿事情，也可以半夜起来抱着露丝，给她喂奶。

改变睡眠习惯？我试了，苏西也知道我尝试了。可能我的身体其实是拒绝的，但是我知道我到底该怎么做。唯一的问题是，每当我解开要换的尿布，看着里面的东西，我捂住口鼻往后退，呼吸几次之后，再过去，然后再捂住口鼻，然后吐了。

“老天爷，你就是这么帮我的？”

“我没有，”我擦着嘴说着，可怜的露丝的屁股还垫在都是屎的垫子上，“我没有帮倒忙，我在努力尝试了，最起码精神可嘉吧。”

“现在我得收拾两个宝宝了，”她说，“我来吧。”

“对不起，我觉得男的可能不适合干这个。”

“绝对不适合。”

女人的身体有更高的承受能力，内在的身体结构也更复杂，她们的身体习惯了被戳、被挤压，还有各种窥镜检查，等等。女人们被剃毛、灌肠，然后生宝宝，还要喂他们，照顾他们，男人则容易害羞，容易呕吐。我晕血，电视里播放手术的情节我都会转过头去——诚实地说，连打针时我都不敢看着针头刺破我的皮肤。每次打针的时候，我都使劲儿地掐自己转移注意力，闭着眼睛，然后跟护士在那儿假装自己平稳又安静地在调整呼吸。

苏西不情愿地接过脏活儿，如果我能更像一个男人、一个父亲、一个帮手——苏西的朋友的丈夫们都是这么勤快麻利的，那我就得压抑自己的恶心，然后坚持干下去。但是苏西好像没什么反应，难道她很喜欢擦屁股？

“你不恶心吗？还是说有什么基本原则？你不用控制它，而是它控制你，跟萨特一样，对不对？”

“不是，你闭嘴吧，如果你不打算帮忙，那就别说风凉话了。”

小学坐落在距离市中心一英里的地方，在两条街的街角处，位置真是算不上好。这还不完全是这个叫阿宾登的城市没有吸引力的地方，这个地方就是穷人聚集的地方。我外孙鲁迪在这里上学简直就是对他，对他的家庭，对我的侮辱。我提出掏钱让他去好点儿的学前班读书，但愿能去温彻斯特，可是他父母坚持让他在这里上公立学校。

“这应该被废除！这种精英教育就应该被废除，这就是阶级和金钱。”山姆在这个话题上总有很多观点，虽然他也不能很好地论证它们，只不过就是坚持着自己对阶级的偏见和断言。他就是典型的北方学校教育的产物——他大部分的成绩都是A，两个B，偶尔有一个C什么的吧——就读于谢菲尔德大学，在成为一名社会工作者之前在那里读了社会学课程。

我很了解，不用跟山姆争辩。私立学校可以给鲁迪更好的教育，可以让他更轻松地进入剑桥或者牛津，那些好的朋友和关系都会在以后的人生道路上帮助他，也会帮助山姆自己。我觉得这很完美，但是山姆却很反感。没什么好争论的，就像我们总是争论豆芽是不是好吃一样。

我把梅赛德斯停在学校对面的马路上，因为去得早所以还能找到停车的地方，我忽然意识到自己的车停在一众简陋的车周围。还有二十分钟就该放学了，路上马上就会充斥着来接孩子的妈妈们，那些孩子连性别也不太容易分辨出来，头发都差不多的长度，背着小书包，穿着宽大的裤子和风衣，遮挡那还有些凉的春风。学生们有着相似的造型和行为，说起话来像一个个小克隆人。所以孩子们应该上当地的公立学校吗？如果他们的穿着能好一点儿，说话更聪明点儿，或者口音更好听点儿，那倒是还可以。

找鲁迪对我来说就不太可能了，我的眼睛没办法区分这么复杂的东西，这就像区分伯蒂和贝蒂一样难。不，找不到，我的方法就是找露丝那辆破旧的大众甲壳虫，鲁迪肯定会往那儿走。

我觉得我自己应该很不起眼。我有双重伪装——车玻璃和太阳镜，还戴着我爸爸那顶浮夸的小礼帽——就像亨弗莱·鲍嘉饰演的菲利普·马洛尔，我把帽子压低，遮住眼睛，就这样盯着外面，抽着烟，打发着无聊的时间。租车公司会恨我的，除非我能在一个星期后把车上的味道除净。但是我怀疑他们是不是会去探测车里的烟味。给车里除味道可是笔不小的开销，这钱真是好赚。

学校的对面是一排小商店，每个店门口都有各自的停车位和小路，这让妈妈们在接孩子的时候也很烦恼。这里有一家书店、一家超市，还有几家慈善商店、一家报摊，这家报摊靠着薄利多销而生存下来，卖糖给小孩子们，卖廉价的杂志给他们的妈妈。我很想知道这家报摊卖不卖酸柠檬，鲁迪会不会喜欢？露丝还喜不喜欢？即使是放学的高峰期，每家店里的客人也不多，而这些客人可能也只是在接孩子之前打发时间而已。用寂静无人来形容这些商店是非常合适的。

露丝的车大概在三点二十五分的时候开过来了，她的车过来的时候，我有个瞬间很担心她会停在我的附近，虽然我已经很努力地把我的车塞进很挤的车位里了，但还是很担心。她很快就停了下来，引擎发出了喘息声，停在了离我大概有四辆车远的对面的位置，她坐在车上等了一会儿，然后就出来和鲁迪见面了。

被烟味围绕着，藏在伪装下，躲在阴影中，我就这样看着我的女儿，压抑着想要冲下车拥抱她的念头。她变了。当然不是变得憔悴了或者颓废了，她看起来好像胖了一些，那说明她吃得还不错，可还是有些什么东西从她身上溜走了。她基本上没怎么遗传到苏西——既没有苏西的乐天逍遥，也没有苏西的广阔社交，还没有苏西穿衣服的好品位。她没有继承她妈妈的美貌，却继承了优雅的气质，就是那种哪怕走在街上也会让人扭头注意到的高雅。苏西和她在公园散步，就像两只非洲草原上的动物，无比骄傲，无比优雅。其他的孩子和妈妈都注视着她们，想要进一步认识她们，可却很少靠近。不得不承认，她们有些内在的东西充满了力量，那是内在的贵族气质。

苏西为她的气质感到高兴，可是露丝却觉得很尴尬。在学校的时候，她很擅长曲棍球和网球，还被邀请参加郡青少年组，但是露丝在那儿并不开心，最后还是退出了，说是自己不擅长竞争。“我不想让其他的女孩子输！她们会哭的。然后她们会怨恨我或者崇拜我，而我讨厌这样。”

她不仅完全放弃了运动，也放弃了自己的安逸，变成了一个颓废的人，她再也不是公园里令人瞩目的对象，变得什么也不是了。她开始穿一些很垮的衣服，还觉得很时尚，虽然她本人也不喜欢时尚。

现在更糟了，虽然没有明显斜着肩膀或者迈开大步子走路，但两者似乎都有一些。因为体重，她走得很笨拙，像是一个已经筋疲力尽的运动员，刚刚跑完了马拉松，想哭却又骄傲。鲁迪跑向她的时候，露丝很高兴，她一把抱住了鲁迪把他举了起来，连带着他的书包和所有的东西。因为胖，所以她有点儿抖，没有以前强壮了，虽然鲁迪也确实长大了。不过我也不是很确定，因为鲁迪也穿着宽大的风衣，紫色的。

我的目光被烟和伪装遮挡，眼镜四周，依旧黑暗。我现在不能去和他们相认，至少我得先回去。我突然感到肚子灼热，紧紧抓住车门把手让自己不晕过去，保持冷静。他们手拉着手穿过马路，走过距离我车窗五米的地方，我缩成一团保护自己，胃绞痛折磨着我。我尝试着记起如何呼吸，吸气，吐气。

他们从报亭那儿回来，鲁迪举着一个梦龙冰激凌，把上面的巧克力脆皮弄掉，只想吃下面香草的部分。露丝微笑着看着他，就那么一瞬间我看到她的眼睛里又有了亮光。

我头也不回地开车离开了。

我可以发邮件或者打电话。前者适合胆小的人，也不用太直接面对某个人，后者就更能直接交流。我坐在沙发上，整个下午我都对着桌子前面的一杯茶，什么也不想做。反正也不着急，露丝不知道我来了，她还是觉得我失踪了。

我的确失踪了，不着急。

第二天早上，我冒险在餐厅吃了早餐，餐厅里只有四分之一的位置坐满了，很安静。我看了看我要的煮了三分半钟的鸡蛋，蛋黄差不多还是橘红色的，把它放在全麦面包中间，小口抿着双份的拿铁，当然不够好——没有几杯的尝试是不可能做出好的咖啡的。星巴克当然不行，但即使是很不错的酒店，他们想要做出很好的咖啡，也是做不到的。我舔了舔嘴唇，勇敢地来了第二杯，因为我需要咖啡因，但是我还是没能喝完，就把它推到一边儿了。

“吃完了吗，先生？一切都还满意吗？”

你是不应该回答这个问题的，因为这根本不是一个真的问题，只不过是个故作姿态的寒暄。就像那些陌生人嘴里说出来的“祝你有好的一天”根本没有任何意义，他们才不在乎你是不是会死于癌症。

“咖啡太淡了，我没办法喝完。”

她吃惊地看着我，好像我对着她的脸打嗝了一样。“很抱歉，需要我给您再端一杯吗？”她眉毛以下的表情很严肃，像在车上的戴安娜王妃，抑制住自己想要反驳的情绪——第一杯应该就很好了吧？是你喝得太快了，你这个脾气差的家伙。

我并没有从《泰晤士报》上挪开眼睛：“不用，收掉就行了，我现在签单子。”

我怀疑我不是因为咖啡而生气，而是因为这里的装饰。餐厅和酒吧的墙上随意地挂着一些现代英国风格的画作，可能是一些业余画家胡乱画出来的，可能他们觉得很不错吧？但是这些画很糟糕，毫无生气和美感，缺乏力量和信念，就像是那句毫无意义的“祝你有好的一天”。我坐在餐厅里，周围有十几个人，相较于同时期的法国人，我为我的同胞感到羞愧。我对马蒂斯，特别是对毕加索都持保留意见，但是他们的作品也是有水准和信仰的。然而这里廉价的布鲁姆斯伯里团体风格的画不过是些令人沮丧的作品。神圣的凡妮莎和色色的邓肯在法国学了两年，在战争之前回国就开始画画了。但是他们回来之后在塞赛克斯胡乱画了一阵子，很快就把该怎么绘画忘得一干二净了，然而就是这些他们在余生大量炮制的毫无艺术价值的垃圾，被人傻钱多的美国人买回去了，这些美国人以为这些布鲁姆斯伯里团体的作品都是一流的。

你根本不可能去拯救一个人傻钱多的人的灵魂，他们被这些二流的，还自命不凡的人影响着，你告诉他们也不过是让他们感到生气和愤怒。我变得很钟爱客房服务了，虽然我的房间也不算宽敞，至少这家店还不错。我也没什么要求，只是叫人把我的饭拿进房间或者最好是别的什么地方。牛津肯定有些不错的饭店，那里不会有这种不入流的装饰。

沿着圣基拉斯酒店往下走，穿过宽街，拐过一家电影院，通向默顿大街的路就出现了。看着这里，我放任自己的记忆汹涌而来。我闷闷地走着，虽然是熟悉的街道，可我早已不像当年能走得那么轻快了，不过倒是没那么蹒跚，我的双腿好像也不像之前那么疼痛了。

曾经的幸福，如果你还能记得那种感觉的话。我喜欢在默顿那个学生时期的自己。上晚课，在图书馆学习，而不是穿着我的学位袍在大堂晚宴上被赞美，每周的临时辅导也很美好。

我还是很幸运的，那是一个不错的房间，里面有书房，虽然空间不大，但是卧室的大小刚刚好。橡木门外有个小铜架，上面有我的名字——詹姆斯·达克——这是我人生中第一次感觉被分配得这么合适，甚至有点儿想庆祝。这间房间是我的了，我很骄傲。

这里的房间很冷，石头墙吸引了冰冷的湿气，并把湿寒封在里面，等空气热起来之后再把冰冷释放出来，跟冰箱一样。我穿着睡衣、袜子、羊毛毛衣睡觉，试着把自己整个包裹在被子里面，我的耳朵都快要被冻掉了。我感觉我已经被冻得不行了，比在南极的斯科特还要冷。为了御寒，我把暖气开了一夜，我室友早上严厉地谴责了我，说我贪图享乐，是个被宠坏的人。

我怀疑学校就是想让宿舍这么冷的，这样的温度刚好不能让学生们上演火热的爱情动作片。这当然是不允许的——绅士是不会在自己的房间和淑女做羞羞的事情的——但是规矩是死的，人是活的啊。

不管怎么说吧，也没正常人会在这种情况下跟人发生关系，这难道不是自虐？你要脱下各种睡衣，然后还要在这么冷的空气中完事儿之后再穿上。但是不管你再怎么小心翼翼地躲在毯子下面，想保住欲望的热乎气儿都是无济于事的，因为实在太冷了，没办法去享受这种身体与身体的接触，即使电暖气开着也不行。也正因为如此，大多数的冬天，整个默顿就是一个无性的地方。

我继续四处溜达，希望不用再跟任何人解释自己是个老默顿人了，我就想自己走走，我知道每天有那么几个小时，会有导游带着游客来这里参观。我踏上一片院门前的鹅卵石，走进了大厅，上楼。古罗马风格的肖像画在餐桌上空俯瞰着我，很熟悉也很温暖，现在我和他们一样，都是垂垂老矣。我以前很害怕他们，觉得他们死了很久了，还用不朽的眼睛俯瞰着我们这些男生，知道我们的谎言，知道我们的好色。以前毫无疑问是这样的，但是这些画都是没有记忆的，现在的他们变得不那么严苛了，我们在下面吃饭，喝酒聊天，走向黑暗的时候，他们也不再这么监视着我们了。

米迦勒节的时候，差不多是秋初，整个花园也都是茂盛的，校园会变成一个小天堂，我们可以在温暖的气候下和我们的姑娘在院子里约会了，再也不用担心做什么的时候会瑟瑟发抖，还有冻疮。苏西自然而然地喜欢在我的房间里和我亲热，但是她也发现了我这个人生活的挑剔。她总是趁我不注意就把我已经码好的书打乱顺序，这点让我实在没办法认同。

唉，故地的重游只不过让我意识到自己失去了什么，这完全安慰不了我记忆中那些纯洁无辜的时光。看来回忆并不能以这种形式复活。就算是年轻的詹姆斯和苏西就这么出现在那儿，我也认不出来了。他们已经不在了，我们已经不在了，苏西是真的不在了。我们都一样，每个人都会死，这才是最真实的生活。

我待在这个可怕的酒店房间里，反胃着，尝试着回忆，尝试着让记忆中的东西自然而然地复活起来。但是我实际上在努力地忘记一切，让这些都走掉——我们那愚蠢的年轻时代。苏西躺在默顿那个房间的床上，我的手滑过她脊椎上宽大的骨节，她脚边的那些亲爱的湿软的垫子，她嘴角的沙粒就像是一块小溪边的石子。这都是发生过的吗？谁知道呢？这个画面不是很清晰，这似乎不是回忆，已经是幻想了。我需要把这些回忆记录下来，回忆造就了我们这些小说家，这些糟糕的小说家。

谁都不可能带着脑子里的这些念头睡着吧？我起身起得太快，整个房间都开始摇晃，我赶紧坐下，让头晕目眩的感觉消失掉，再站起来时就平静多了，我穿上袍子走到窗前。这是个不平常的清爽夜晚，天上的星星清晰可见，不像以往牛津的天空那样阴霾，成千上万的星星在不停地闪烁着，介绍着自己。这无尽安静的夜空吓坏了帕斯卡，但是安静有什么不好吗？他在想天堂该是什么样子的？喋喋不休的吗？我想上帝一定会否决他的提议——这家伙太讨厌了，让我安静安静，好吗？

那些黑暗中的光明也许已经唤醒了无数过往的灵魂，也或许是我们想要寻求安慰的回忆之光？这对我来说有点儿过了，我宁愿吃块巧克力蛋糕，再来一杯茶。想要理解过大、过早、过难，这是一种可怕的想法。夜幕已经接近尾声了，天凉了，屋里的灯光便暗了下去。

我能感受到她对功利主义和现代主义的不屑一顾。她为自己是圣安妮的一员而感到羞愧，她只不过把这个地方当作是自己人生提升的

跳板。

这其实是个倒退，像滑梯一样下降，苏西也很遗憾地承认，她是从萨莫埃尔学院或者 LMH 跌到这里来的，不过圣安妮倒是很愿意接收她这个成绩都是 A 的学生。是的，她的面试很顺利，她在学校的记录不太好，而那些野心勃勃的推荐——她是个聪明的女孩儿，有影响力，也很自信，但是她想成为一个才貌双全的人——更是糟糕，这样的推荐让她和更好的学校失之交臂。

幸运的是，苏西的母亲认识一个叫玛丽·奥格威的人，不知道算不算是朋友，总之是熟人吧，这人也是圣安妮的校长，这让苏西顺利地进入了圣安妮。

奥格威小姐是个精明的人，她的决定从来不会受到莫尔顿夫人的影响，虽然她一直都不喜欢这个女人。不，她是被苏西吸引了，她怀疑苏西是这个家里盛开出的一朵别样的花。

苏西到了圣安妮之后，感觉自己应该能做得更好，但是也知道自己实际上没能做到。

她就这么安定了下来，带着她的海报，买了各种日用品、床罩和摩洛哥风格的枕头，在自己的便携式唱片机上放着摇滚乐，这让我偶尔会有几个小时的欢乐时光。

我们很少一起过夜，也都希望能有属于自己的房子。当苏西可怜的室友听说我们同居了之后，她表示很担心。而苏西的母亲却更是五味杂陈，现在她的女儿已经是个“用过的”了。

“我很早以前就已经被用过了。”苏西笑了，而她的母亲现在只能接受，当然无聊的亨利先生并没有参与，他根本不知道，或者选择不知道。

我们的窗户看不到前院，但晚上我们可以一起凝视着夜空，就这么赤裸着，咯咯笑着，想知道人们会不会发现我们。我会站在她的身后，用手托住她的胸。

那时候，当我看着她时，她的眼神也会瞥过我，像一个年长的陌生人一样，看了我片刻，就无动于衷地继续向前走了，完全就是漠不关心，整个房子也是如此——就这么数十年如一日地站在那儿，接待着成百上千个像我们这样的住客。

我去过了圣安妮，也去过了默顿，一切都结束了。不过几天过去了，我觉得我并没有靠近露丝，而且我根本很难去拜访她。打电话？写邮件？写信？这些都太有距离感了，太正式了。或者按门铃？像个可怜的稻草人一样站在那儿等着，努力抑制住我的脸红和结巴？我的确来了，也很近了，可是每当我往她的方向更进一步时，仿佛距离就会变得无限远。

所以，明天中午咱们见一面，讨论我可耻的失踪？这真是太糟糕了，我坐下来，还是从书桌里抽出一张发旧的信纸，掏出了笔。

亲爱的露丝：

我真的非常抱歉，在这种可怕的时候让你这么痛苦。我也很难跟你解释这为什么会发生，怎么会发生。我发现我自己无能为力、失落、受挫、迷失——不，上面这些词都不足以表达我的意思，我的心情无法言语。

我想说的就是我没有想要伤害你，然而我还是让你受伤了。这几个月来，我每天都被悲伤充斥着内心，这种刺痛让我没办法再和任何人有亲密的接触。哪怕是你也不行，我亲爱的女儿啊，尤其是和你，我无法面对你。

你能不能原谅我，哪怕原谅我一点点，让我能去见你，和你谈谈？我愿付出一切换这一刻，我也愿意给你一个拥抱，弥补我们之间所缺失的。

我就在牛津的老牧师酒店等着你。

爱你，永远爱你。

爸爸

她一定会觉得可笑吧？或者嘲笑我？她这样也没错，我变成了一个卑鄙可怜的人，我失去了爱。

一个可悲的，不开心的，难过的，心碎的，沉浸在悲伤中无法自拔的，悲惨的，凄凉的，绝望的，令人伤心的，令人沮丧的，失望的，忧郁的，空洞的可怜虫。

难道我应该拿着信，把我的悔恨放到她信箱里，匆匆回到我的车上，希望她不会听到声音？然后我匆匆离去，就像我消失的这漫长的几个月。有什么能比这种方法更好地证实她对我的看法，让她感到更多的遗憾和憎恨?

不，我会打电话给她，我有电话，也有她的号码。

酒店前台说我可以在这里再多住一个星期，我也很高兴能继续住在这个老地方。

“很好，谢谢。”

“谢谢您，达克博士。”

我走进公园，沿着河边漫步，坐在长椅上，忽略长在岸边的水仙花，读着《泰晤士报》，全都是长篇大论，我迷失在一堆废话里。我忽然很想去大棚市场尝尝我以前非常喜欢的早餐。

那家老的工人阶级咖啡厅还在那儿，里面满是商人、建筑工人和那些好像永远住在那儿的本科生，都是一些卑微的人际圈。我吃完了一份英式早点，这让我觉得有些尴尬。我的胃开始咕噜咕噜作响，感觉马上就有更难受的副作用要出现了。加工过的油炸白面包、烤过的焗豆、从未见过的野生蘑菇、炖西红柿，除了酸味的残留物之外，没有任何味道。这些鸡蛋袭击着味蕾，油腻的、未煮熟的培根，可怕的碎屑组成的香肠竟然还夹杂着生菜的味道，也许是猪肉?还有加了长寿乳的速溶咖啡。

我第一次在这里吃饭大概是五十年前了，就在这儿，这里的早餐还是我记忆中的样子。或许厨子还是那个厨子，弄出的味道才能跟以前一样？我并不是总像现在这样挑剔，也不总是一个优秀的人，我也看《每日邮报》，吃饱了也打嗝，我也去买地摊上的东西。

可能这种对我肠胃的蹂躏也是有好处的？吃完了我径直回了酒店，我的肠子一直在翻滚，上了个厕所才算解脱。

我上厕所的次数越来越少，就像一个无从下笔的小说家一样经常便秘。虽然昨天我上了四次厕所，可每次都只拉出来一点点，可你知道这还远没结束。我的菊花感觉像是被打了肉毒杆菌毒素，相比之下，狒狒的屁股都没有我的吓人。我知道，如果我不继续把肠子里的东西排出去，那么将来我的肠道就会把它们喷到我的裤子上去。

这是一个商机啊！老人的内裤都是棕色的！如果你在商场里逛内裤专区，看到老人，你就能知道他们在找哪种款式。他们好不尴尬地注意这个问题，寻找着尽量暗的颜色，他们实在是不想让老婆、护士、清洁工或者洗衣店的人看到他们身体机能脆弱又尴尬的一面。所有懂弗洛伊德的人或许都会知道，哪儿有屎，哪儿就有利益。

我回到房间，胃居然已经安定了下来，我打了电话给露丝。让我惊讶的是，我的手居然都没有发抖，虽然我十分确定自己的声音是颤抖的。电话响到第三声的时候，她接起了电话："你好，我是露丝。"

露丝第一次接电话这么介绍自己，还是她三岁的时候。这让她很高兴，让别人知道接电话的是她，不是妈妈或者爸爸，每个打电话来的人都会被她的率真吸引，都会停下来跟她聊两句。她喜欢讲电话，拿起来就喋喋不休地讲个不停，可是最终还是不得不告诉我们有人找我们。“爸爸，”她把听筒递过来说，“一个男的，找你的。”

“露丝，我是爸爸。”

一阵漫长的沉默，我根本没办法打破这种沉默。

“谁？”

“亲爱的，我是爸爸，你能跟我谈谈吗？”

“你突然就想跟我说话了？”

“我一直都想的，对不起，我觉得我伤害了你的感情。”

接下来又是一阵沉默。

“我不会跟你就这么在电话里说的。”

“我也不想，亲爱的，你能不能过来，我在牛津，我想见你。”

“真好！现在你想见我了，你现在心情好了？那我想见你的时候呢？妈妈刚过世的时候，我一封一封地写信给你，你躲在该死的房子里，害怕开门，害怕回信，害怕接电话，现在你准备好了？”她的声音颤抖又冰冷，不好分辨。

“是的，是的，求你了，我真的非常非常抱歉，如果能的话我也想解释，可是我不知道怎么跟你说。但是我现在真的想见你，我想和你在一起，重新做一个好爸爸，如果你允许的话。”

“明天早上十点来我家，如果你不来，那就再也别找我了。”

她挂掉了电话。我放下电话躺在床上，尽管听到她的声音感到愉快，但是她对我充满了敌意，我亲爱的露丝的声音里充满了对我的鄙夷。

我卑躬屈膝地道歉，忏悔让我的眼泪湿了眼眶。这也没有让我感觉好些。被人鄙视不会有什么乐趣，没有解脱，也没有满足感。上帝不会原谅我的，露丝也不会，我自己都不会。如果我的歉意是让我从痛苦中走出来的必经之路呢？是，我想是的。

我睡不着，打开灯想看看杂志，可是那些印刷字体就在我眼前乱跑。电视里在播放黑白电影，好像是什么惊悚片，关于警察和强盗什么的。我关掉了电视，从自己的热水壶里倒出一杯热茶来，吃了点儿巧克力饼干。关上灯，又打开，辗转反侧。

我经常做一个让人心痛的梦，可是很犹豫要不要把它写出来，是不是应该相信它，让它从我的微光中转移到世界的亮光下。我越来越难摆脱现在的感觉，我很讨厌人类会做梦。在做心理治疗的时候，苏西总是在半夜起来把梦记录下来，然后拿给弗罗梅尔博士看，然后记下博士的解释，回来和我讨论。这些梦都很无聊，或者说她叙述得很无聊，我就奇了怪了，花了三十秒做了一个梦，要用半个小时才说完。试了几次之后，她就不再非要跟我讨论了。

在小说里，每当英雄做了一个重要的梦——他们也并没有比普通人少做梦啊——这就得一下讲两页，我通常都会直接跳过。谁要看你的梦啊？不过是被一个啰唆的作家写出来了而已，都是些陈词滥调。

可轮到我自己，我会写下来的，我也就是让自己无聊一下。

我梦到自己被绑架，被塞到一辆车的后备箱里，我尖叫着，很害怕，四处抓挠，吓尿了。那辆车开了几个小时之后停下来，车门打开又关上，我听见脚步声渐渐远去……

每个星期我都会梦到一次一模一样的梦，每次都被吓醒，尖叫着发抖。然后用了十分钟才能平息我的呼吸，恢复平静。接着我会站在浴室里让热水冲十分钟，再换冷水，最后吃片安定再回到床上去——一个晚上这个梦也不会再出现了。

我知道这梦什么意思，我明白的。可为什么这个梦就不能离开呢？时间过得很慢，就像我被关在后备箱里一样，度日如年，令人恐惧。我经历了几段短暂的睡眠，每次时间都不长，我看看手表，发现自己才睡了一个小时，或者两个小时。可是我的思维是没有停止的，而且被悔恨、恐惧和干涩的后悔卡住了。我期待见到露丝，听听她的声音，轻轻地拥抱她一下。

早上七点半我起床，即将到来的几个小时就像一片无尽的沙漠横在我面前，灼热的空气烘烤着我。我强迫自己不要看表，把手表放进口袋里，省得自己总是忍不住去看时间。每次过了相当长的一段时间后，我才会去看表，然而发现才过了二十分钟。

我的车被我就这么丢在了停车场，车上覆盖着一层薄薄的灰尘。我发动了车，向着阿宾登开去。这条路实在是太复杂了，弯弯曲曲，

后来我尝试着往南走，也许是为了在城里消耗一下时间，也许就是为了在这附近溜达溜达。

我想带着忏悔来见露丝，但是，这可信吗？但愿吧。我非常想念她，我知道她一直都是爱我的，这种爱是不会那么轻易就消失的。

露丝讨厌别人迟到。我觉得这可能是因为她过着乡下人的生活——没有堵车，没有不通的隧道，没有被恐怖分子劫持的公交车，没什么突发事件能耽误行程——在她生活的阿宾登，除了准时，也没啥好做的了。我早上十点按响了露丝家的门铃，门铃发出闷响，像是教堂的三重鸣钟，听得我毛骨悚然。这个门铃在他们买这座房子的时候就已经安在这里了，我提出过很多次要把它换掉——我提出由我出钱，我来安排，我来看着他们工作，我什么都可以做，可是露丝和山姆还是保留了这个门铃。他们说小鲁迪喜欢这个门铃，我怀疑除了他们懒得换之外，也就是觉得这个门铃能让我觉得不爽，他们才留着的。苏西也说过喜欢它，她说这是典型的英格兰中部的风格。

我等了一会儿，露丝把门很快、很猛地打开了，这让我非常吃惊，就像是挨了一巴掌。她的双手没有垂在身体两侧，也没有上来拥抱我，她往边上挪了挪。

“我觉得你还是进来的好。”

“谢谢。”

她仔细地看了看我：“老天啊，你怎么这个样子啊，你没吃过东西吗？”

她穿着一条褪色的牛仔裤和宽大的橘黄色毛衣，一双样子很丑的橡胶鞋子。

苏西从来都不放弃自己的形象。她会戴着一条漂亮的新围巾，或者从摄政街的一家商店里买到一条剪裁得体的亚麻裤子，露丝则会低调地接受它们，可是从来不穿。苏西希望她能穿着这些漂亮的衣服去跟山姆约会，但是他们的约会也就是些儿童活动，偶尔会去看看印度电影，没什么值得高兴的。我怀疑她是不是把我们买给她的衣服全捐给了慈善机构。

我跟着她走过走廊，右拐走到了客厅里——山姆叫这里会客厅。我等着她开始。

“坐吧，我去泡咖啡。”

“不用了，谢谢亲爱的，我今天已经喝了两杯了。”

“好吧，那我得喝一杯。”她走进厨房，几分钟之后我听见水壶开始叫唤，还有盖子敲打的声音。

我就站在那儿，等待着露丝的宽恕，我们怎么开始谈话完全取决于露丝，现在她正在花很长的时间煮咖啡。是故意让我等，还是她在考虑怎么开口?

她在我对面坐下，把杯子放在桌子上。

“这真让人吃惊。我以为我已经失去你了，我不知道该怎么开始。”

“我知道，对不起。”

“你能不能不要再道歉了？”

“不，永远不会，我永远都很抱歉。”

“谁在意？道歉是不够的，我需要你给我一个解释。”

“我确实在帕丁顿的时候告诉过你，我需要一段时间独处，对不对？”

“独处？你管这叫独处？为什么不打电话？没有邮件？不回我的信？这是什么独处，这就是逃避，就是在拒绝我。”

“不只是你，是所有人。”

“只有我！只有我！妈妈死了之后你就逃避了，在我最需要你的时候你消失了！妈妈需要你的时候，你也跑了，你忍受不了，就从她的床边跑开，躲在你的书房里。”

“我只能说我尽力了，可是还是不够好。有时候，我害怕，这种恐惧让我几乎瘫痪。我从未经历过这种事情……”

“我的上帝，难道我经历过吗？”

“我认为这不一样。”

露丝拿起咖啡喝了一大口，然后重重地把杯子摔在桌子上，她用袖子擦了擦嘴，作为一个女孩子这种举动实在不合适，尽管她知道我不喜欢她这么做，可是她现在没办法考虑这么多。

“我不明白，”我故意说，“你为什么对人类的脆弱感到这么惊讶呢？如此反对，如此无情。而且不只是我自己，所有人都这样。”

“问题是一个度，对不对？”

“我想我的意思是，我也就是普普通通的自私而已。”

接下来是一个长长的停顿，她就一直用眼睛盯着我，让我觉得很难打破这种眼神接触，如果我感觉正确。

显然这不是。

“哦，普通？所以你也就是杀死自己妻子的普通男人吗？”

我进到酒店大堂的时候，前台接待了我，我奇迹般地返回了酒店。我不记得我是怎么从露丝家走的，从她家到酒店停车场中间发生的所有的事我都不记得了。好像上帝希望我活下来是为了继续折磨我一样，我就这么安全地回来了，看来上帝又有新工作了。

太不可思议了，前台居然想给我升级房间。我还以为所有的愉快都已经从世界上消失了呢。

“您是我们的常住客人，达克博士。我们可以帮您换一个套间，下午就能准备好。空间会大很多，也很安静，同样的价格，需要我们帮您把东西搬过去吗？”

“不用了，谢谢。”

“这完全不麻烦的。”

“不用了，我可能很快就走了。”

“博士，您快走了我们感到很遗憾。”

“我需要回伦敦了。”

“我希望不是什么坏事。所以您现在一切都好吗？”前台有点儿担心地看着我。他们已经习惯了我这个古怪挑剔的老头子了。总之，我可能是他们最好的客人，最老的会员。

“您是明天早上退房吗？”

我犹豫了一下，我会吗？此刻，我伦敦那栋固若金汤的城堡极具诱惑力，那里有着难以逾越的防御，让我无法抗拒，让我足以面对露丝的愤怒——但是现在，我该怎样才能挽回露丝的心？

“我不知道，”我告诉那个担心我的接待员，“我会告诉你的，我觉得现在我得躺一会儿。”

这种恶心和可怕的头晕是在暗示我需要休息、撤退，让自己继续远离这个世界，回到黑暗中去。可我又该怎么跟我亲爱的、悲伤的女儿和她那个沮丧的丈夫说呢？怎么说他们才能懂？请求他们跟我一起来到这一片黑暗中？一个深爱着他妻子的男人，一个公道的人，尽管他做了这些，他仍旧是一个好人？

怎么办呢？洗个澡，躺下来，吃点儿东西，写点儿东西，休息一下。我不再唠唠叨叨，不再去想是非对错。眼下就剩下一件事可以做了，我也确实应该这么做，明天我还是要去露丝家。

我给她发了邮件，告诉她明天下午两点我会去找她。

我恢复得差不多了，就到餐厅去吃了顿不错的早点，餐厅虽然安静，可是那些装饰，审美品位依旧很糟糕。可口的鸡蛋，可以容忍的咖啡，服务员看着也很放心。

我本来想买些不错的烤饼去露丝那儿，可是在这种乡下地方，也买不到，只好两手空空就这样去了。几个月过去了，我觉得这就是解脱，我过去绝对不相信我能走出来。露丝太像她妈妈了。苏西以前说我就是想做一个一无所有、一无所失的人。苏西总是注意到很多事情，她就是这么做的，也不是为了谋生，当然她也没有为了谋生付出过太多。露丝遗传了这种能力，但是从来不觉得自己有义务把那些她注意到的事情写下来。

这一次门被慢慢地打开了，但是比上次更让我震惊的是，门后站着的不是露丝，而是山姆。

“你好啊，爸爸。”他用一种社会工作者那假装的友好语调跟我问好，“很高兴见到你，进来吧。”

见到他我也没有多高兴，我又不是他亲爸，不管我说多少次他们就是不在意，露丝说鲁迪喜欢听见山姆喊我爸爸。我感到自己被埋伏了，被背叛了，我愣了一下。我想回到我的车上，想仓皇逃走。

他抓着我的胳膊，像疯马一样把我拽进了屋里。我进了屋子里，环顾四周，我对他们的品位真的是不敢恭维。我尝试着不去想，可是我真的很讨厌待在丑陋的房子里，这让我觉得难受。我环顾四周，真的感觉不舒服。

我希望露丝能找到更好的、更合适的、更有品位的装修风格。她知道我，还有她妈妈都永远爱着她，但是我们没办法坦然愉快地接受她用不成熟的态度去面对世界。谢菲尔德大学，牛津郡住房管理局……从衣着看好像是一个好斗的女战士，我的老天爷。

“露丝在煮咖啡，或者你想喝茶吗？来坐吧。”

露丝过来了，端着一个托盘、三个杯子、一碗方糖、一个巴腾堡蛋糕，还有三个蓝白色的、假中式的小盘。她把一个小盆栽推到一边，里面是几株水仙花，这些水仙花昨天不在啊。就这样，露丝把所有的东西放下。

“我认为山姆今天也应该在，所以他下午请假了。”

“很好，”我对着他点点头，“对你们都好。”

露丝看起来有些疑惑。

“哦，我知道了，你根本没懂。是的，我也正在努力，妈妈去世的时候我并不在，现在我觉得这种遗憾无法弥补了。”

“我明白，所以你现在需要山姆在了？”

“这是咱们全家的问题，”她坚定地说，她知道如果我可以的话，一定会把山姆赶走，“而且，说实话，我不确定能不能单独面对你。”

“我也不知道我能不能面对……或者我想不想在这儿面对山姆，”我对他点点头，“没有冒犯的意思，但是……”

他也对我点点头：“没事儿。”

倒了咖啡之后，我们都陷入了一阵沉默，露丝切了蛋糕，给了我们一人一块。山姆往他的杯子里放了两块糖，这完全暴露了他的工人阶级血统。

“那么，”他喝了一口说，“咱们至少尝试一下吧，露丝告诉我你们昨天已经谈过了，我觉得我们三个一起可能会更有帮助。”

“什么？怎么会？”

他笑了笑：“对不起，我没说清楚，我的意思是咱们都来说说自己的观点。”

“懂了。”

“那你为什么不先开始呢？”

“我觉得露丝应该先开始啊，她一直在指责我啊。”

“不是指责好不好，这是事实！”

“亲爱的，”我说，“我没有谋杀你妈妈，我只是……”

“你怎么能这样说！你还否认！”

山姆举起手安抚她：“让爸爸说完，露丝。我们想知道他怎么说，对不对？”

我从来没想过我会对山姆有感激，但是我今天决定改变我的观点。不，没什么需要澄清的，即使他们已经让我站在被告席，手按在《圣经》上发誓了。

“发生过什么你都看到了，她非常可怜，没有安定根本睡不着，不吃不喝，像一具活骷髅，她一直在呻吟，你记得吗？”

露丝开始哭了起来：“我当然记得，她准备好去死了，她想要死去。”

“她当然想了。”

“但是她不需要你帮她去死，她可以自然而然地走完生命。”

我不知道该说什么了吗？我当然知道该说什么，但是我不想说了，那些所有的解释，那些可怕的感受，什么我都不想说了，不想说了。我想说的东西太难说出口，太……我不知道该怎样告诉她，怎样让他们俩了解问题究竟在哪儿。每次争论的时候，你必须做出选择，你必须去选择说还是不说。我站在被告席上，不论是有罪还是无罪，都只是为了得到他们的理解。

“我完全理解你说的。我做的事情极不人道，也不合法。”

“你有罪！至少你应该感到罪恶！”

“我有罪，我也有罪恶感。但是我也为自己感到骄傲，我不明白我们为什么一定要纠结规则和法律。这样做！那样做！就是一个决定而已！”

“算了吧！”

“我不知道该做什么，不知道该怎么做，我只是跟随我的内心做了决定。”

山姆冷静地看着我：“我不明白你什么意思。”

“我也不懂，我已经尽力了，这意味着……”

他等着我继续说，但是我现在似乎也没什么可以说的了。我跟自己保证过绝对不能再提高音量了。

“老天啊，山姆，露丝，”我说，“想想你们都说了什么！你们难道不认为我们对待自己爱的人应该像对待我们的宠物一样吗？不要让他们无缘无故地受到折磨！当他们活不下去的时候，我们要帮助他们！我也会希望你们这么对我的，我求你们这么做。”

露丝的头抬起来：“什么？即使你那时候不想我这么做，也要我做这个决定？”

“是的。”

“我不能让自己这么做！我也不允许你这么做！这不是你说了算的，我说了也不算，谁都不行！你不能杀了我的妈妈！”

于是，我们又陷入了长久的停顿。

“我做了，对不起，我很后悔。”

“哦？”

“但是如果能选，我还是会这么做，这是我这辈子做过的最好的事情。”

又是一阵沉默，度秒如年，秒针在嘀嗒地走个不停。

露丝盯着我：“胡说，你完全就是为了自己，你是个胆小鬼，你不敢正视疾病和痛苦，你逃走了！”

“我知道，我是。”

“你让我恶心，你的逃避、你的辩解都让我恶心。”

事情失控了，我尝试了，可是还是无可挽回地垮掉了。我要如何修复？还怎么解释？我发现自己就这么被困住了。选这个还是选那个？好吧，我做出过选择，我错了吗？我又怎么能知道呢？解释没有用，争辩也没有用。露丝是不会懂的，我自己都很难懂自己。

“我自己也很厌恶我自己，我像一头受伤的野兽一样逃走，藏匿在黑暗中，光亮刺伤我的眼睛，我鼻青脸肿地回到了这个世界中。”

“你可以依靠我啊！跟你的家人在一起，跟爱你的外孙在一起！”

“我不能。”

“这是脆弱、可悲、任性，这是……这是……这是唯我论主义。”

这个词用得很好，好得我都想夸她了。

“你认定我有罪，生我的气。我没办法原谅我自己，没办法救赎自己，哪怕事实上我相信自己做了一件勇敢的事情。”

“我是不会原谅你的，你以为你可以原谅自己？”

山姆咳嗽了一下，打断了我们，我们又开始互相指责了，而这没有任何意义。

“我帮助她死掉，是没错。我把那些药片压碎加到了茶里面，她把它喝了下去。然后她就陷入了沉睡，深深的沉睡。我整夜都坐在她的身边，握着她的手。”

“哦，太好了！你在她还清醒的时候还是做了一些事情。她根本不需要你的帮助，她自己可以的！医生说她还可以活一到两周。你有什么权力替她决定生死？”

“她自己没办法这么做。她那时候太虚弱了，不可能有办法自己结束的。所以她才不吃不喝，想要离开。”

“那也是她的选择，不是你的。你以为你是谁？上帝吗？”

如果她要这样认为，那我也就不用过多解释了。

“必须有些人这么做，有人去承担罪责。”

我们又一次陷入无话可说的停顿，我们每个人都很尊重这个停顿。我们之间的对话毫无营养。露丝用手托着自己的头，好像在倾听，又好像在准备让我出去。

我很高兴让大家都保持沉默。我不想屈服，不想为自己辩解，我恳求对死亡需要给予片面的特权。毕竟，每个人都会死。但不是每个

人都要目睹一场死亡，跟死亡并排而坐，被它拖入深渊。唯一幸运的是，死了就结束了，你不必担心它再影响你。但是，目睹一场持久而可怕的死亡会感染灵魂，这些画面会深深地植入自己的身体，生根发芽，你永远无法用无辜的眼光看自己或他人，你被玷污了，不可理喻地变得黑暗。

露丝快速地站了起来，她扭曲着的脸满是泪水。有那么一会儿，我以为她要打我。

“你怎么能？我也面对了死亡。不像你，我没有转过身去。男人都做不到，他们没办法照顾别人。当事情变得糟糕，男人就会变得自私、胆小、神经质。”

“这不公平。”

她在说什么？事实上露丝大部分时间都不在场，我什么也没有告诉她，我在我们的卧室看到的那些是屎和泪，是呕吐和鲜血。当我每隔几个小时跪在地上做清洁，苏西就会再吐一次，然后休息一会儿，再吐一次。

“你杀了她，无痛而人道，又怎样？她像条狗一样被安乐死！”

“至少她是幸运的。兽医比上帝要更善良，他们做得更好，你还记得那条狗吗，米莉？”

“谁？”

“小时候，你的一个朋友的狗。”

“不，我不记得，为什么问这个？”

“没什么。”

山姆终于把他的咖啡喝完了，也吃完了第二块蛋糕，从椅子上站起来："我建议咱们休息一会儿，这太沉重了。"

露丝站起来的时候，山姆搂住了她，安慰着把她抱在胸前，越过她的肩膀看着我。一个爱的拥抱，下一个是要抱我吗?

我也快速站起来拉伸了一下。

"我也上了一些释放悲伤的课程，爸爸，你是很典型的例子。你难道不觉得把这些东西说出来会有帮助吗? 总之这里既有心理问题，也有道德问题，或许还有法律的问题，但只要你跟他们说出来就可以痊愈。"

我打断他站了起来，猛地起身让我头晕："我觉得我需要去一下你们的院子里，我需要去抽支烟，对不起。"

他们没有让我自己出去，而是陪着我一起。花园三面开放，环绕着各种五颜六色的花，有些还是瘦瘦的，或者只是还没成熟，正在慢慢地绽放。

"在鲁迪回来之前抽完，我不想让他看到你抽烟，他会不高兴的。"

"他已经在学校被洗脑了，对不对? 小独裁者，现在的孩子们都自以为是得很。"

山姆深吸了一口气："他如果知道姥爷也得了肺癌，就快死掉了，他会被吓着呢！"

"够了，你是对的。我保证，我也只是在特别沮丧的时候才会在你们的花园里抽烟，这东西能让我开始喘息。"

露丝拉着我的胳膊："来花园里走走吧，我不介意你抽烟。烟味闻起来很好，但是鲁迪会闻到我们身上的味道。花园是不是很棒？妈妈去世之后，我和鲁迪一起种的。他说这是姥姥的花园，他亲自挑选了一些花种在了花园中间，他甚至还记得那些花的名字。"

"他真棒。"

"你呢？"

"嗯，我对花不太在行。我更喜欢看到花瓶里的花。"

我不经意地俯视着，沿着房屋后方的边界散步。

"这些是报春花？"

"很接近了，迎春花。"

"不错，至少我没说成是绣球花，我知道这些小黄花，有着明亮的橙色……这是水仙吧？"

"差不多是水仙。"

"这些特别好看的是郁金香，对吧？"

"嗯，暗夜女王。"

"可爱的紫黑色，就像罗斯科一样。"

"罗斯科是什么？郁金香的品种吗？"

我看起来一定很惊讶，露丝笑了。

"我知道了！你想保留和你妈妈一样的花园吗？真的是太美了，你妈妈花了很多精力打理花园。她曾经喜欢早上在花园里喝咖啡，听着鸟儿的叫声，然后看报纸。"

"我不是园丁。"

“你可以雇人打理啊。”

“我为什么要这么做？”

“这叫尊重，这是爱的一种形式。”

上帝保佑，山姆离开了，他要去接鲁迪放学了。

“他知道你来了，他很兴奋。”露丝说。

“你怎么能让他知道呢？我现在马上就要走了。”

“我发信息告诉他的。他很想你，你知道的，你收到他的信了吗？”

“信？”

“哦，不管怎么说吧，你会多待会儿吧？再来杯茶，好吗？”

鲁迪坚持坐在我的腿上吃完了他那盘配着辣椒酱的香肠意面。大人们则是配了些烤薯片和冻豆子。

“我觉得我们已经习惯儿童食品了，爸爸。如果我知道你今晚会留下来一起吃饭，我会做得更好一些的。但是，说实话，我更喜欢这样，这就是我们。以前每次你和妈妈过来吃饭的时候，我都很紧张，赶紧翻食谱，尝试着做一些合乎你口味的饭菜。”

“你一向做得很好吃。”

“不，总是很糟糕。我每次都烧焦，煮土豆也总是煮烂。我知道我没救了，我宁愿吃香肠和炸鱼条。”

“我也是，”山姆说，“这很好。”

说完话之后，鲁迪抱着我，他吃饭的时候一直在看电视上放的儿童节目。

“我们把电视关了吧，这样我能跟鲁迪好好说说话。”

鲁迪看起来有些受伤，但是并没有拒绝。

“你知道姥爷病了，对吗？”山姆说，“所以他离开了一阵子。”

鲁迪机灵地看着我：“我知道，妈妈说我应该原谅你，虽然你忘了我的生日。”

“对不起，但是我现在回来了。”

“那我还有礼物吗？”

“当然了，你最喜欢什么？你想再去一次自然历史博物馆吗？记得吗？你很喜欢去那里的。”

他举起一勺子的意大利面，吞进嘴巴里：“那很酷，可是姥爷，我能告诉你我真的想要什么吗？”

“当然了，告诉我吧。”

“太好了！我们能不能去看刀锋队的比赛？”

“刀锋？那是什么？”

“我是刀锋队的青训一员！你不知道吗？”

“我不知道，你快跟我说说！”

“是我的足球队啊，傻姥爷！每个人都知道啊，谢菲尔德联队！”

“好吧，可是很远啊。”

“他们来伦敦了，姥爷！我们可以一起去看。我们可以买到票的！求你了！到现在我只看过一场比赛，因为爸爸说票太贵了，只有特殊情况才能去看。”

“我们可以去啊，因为重新和你在一起，就很特殊！”

“我看看他们什么时候比赛，我的 iPad 在楼上，我去拿。”

“现在不行，亲爱的，你知道咱们吃饭的时候不能玩儿 iPad。”

“就一次好不好，妈妈？我太兴奋了！”

“让我告诉你，”露丝说，“为什么不去冰箱贴下面把你的画拿出来给姥爷看看呢？”

“我也很想啊，可那些画里有关于刀锋队的吗？”

“没有，别耍贫嘴。”

鲁迪走进厨房，把冰箱贴下面的画拿了出来，摇摇晃晃地走过来把画递给了我。

“太可爱了！你真是聪明！你什么时候画的啊？”

“姥姥去世之后。这是个天使！”

“我知道，画得很好，像活的一样。”

“我学过怎么画天使，你想看吗？然后你也可以画一个！天使可以帮你克服悲伤，当你感到难过的时候，它们会帮你哭出来，这很好的。”

“说得真好，”我说，“说得对。”

几分钟之后，我站起身来道别。我推开椅子的时候还卡到了一点儿。

“我得走了，”我有点儿犹豫，“我得回去了。”

“你知道老牧师酒店吗？一个很舒服的酒店。”

“老牧师酒店！但是爸爸，那里很贵。你都在这里了，当然要搬过来跟我们一起住了。住在你原来的房间，你和妈妈的房间，我很快就能收拾好，让我去拿些床单。”

“不了，露丝，谢谢你。还是让我有些自己的时间吧，让我慢慢度过。”

“可是很贵啊！你还租了一辆这么好的车！你在这里待了多久了？”

“也就两天，而且他们已经把我升级到套房了！他们还是挺照顾我的。”

“没有我照顾得好。”

“当然没你好了，亲爱的。我现在像是一头刚刚走出自己洞穴的熊，我看到光会觉得刺眼，但我很快就会适应的。不过当你在黑暗中待得时间太久时，你就很难适应光明了，尤其是我这个岁数。”

“好吧，那就按你舒服的来。但是我们明天还能见面吗？”

“但愿吧。我有点儿累了，需要躺会儿。”

鲁迪跑过来拉着我的手：“我有一个好主意，姥爷，明天是星期天，爸爸不上班，我们一起去姥姥的墓地看姥姥吧？我们周末经常会去的，从我们的花园里给姥姥带些花去。”

“这样好吗？那这样吧，明天早上我给你打电话，看情况。”

“求你了，爸爸，一起去吧，会很好的。”

“是啊，”山姆说，“而且不只是……”

“再说吧。”我边说着边打开了门。

苏西被埋在距离阿宾登二十分钟车程的一个乡村教堂墓地，那是我们在寻找乡村酒吧时发现的。教堂对面有一个非常愉快的酒吧，啤酒很好喝，门口的牌子上会推荐他们自己做的家常菜。

而那座教堂，是一个普通的撒克逊风格的建筑，有一座矮矮的塔楼，玻璃上有些污垢，还有那令人愉悦的冰冷感，这都是英国教会的特点。这座教堂建筑非常壮观，可以俯瞰树木繁茂的山谷，在西部的周边还有几株红豆杉，在五月的那些灰色的日子里，还有大量的水仙花。

苏西漫不经心地看着四周的墓碑，算着人们的生卒年代，发现了很多在十八世纪中叶就死去的婴儿。“这肯定是某种流行病。”她说着跪下来，试图去读一个小女孩墓碑上的碑文，上面盖着薄薄的青苔。

我也跪下来仔细看着。

“这会想让你知道他们都是谁，他们经历了怎样的生活。或许这就是我们所拥有的一切，注册、备案，别的就什么都没了。我们走了，最后就留下一块碑文，是不是很残酷？”

“我不知道，我也不确定我对这些事情是不是感兴趣。”

“每个人都是有趣的！”

“你可能是，我不是。我更希望被人遗忘，我甚至都不想要一块墓碑。”

“我想要！而且你知道吗？我想被埋在这里，都过去这么多年了，这里还有这么多空地。”

“等一下，你还有很长的日子呢！我想，你知道，你可能会被埋在你的家族墓地里。”

“家族墓地？别傻了。爸爸妈妈是住在那里的第一代莫尔顿人，他们也就买了一块不错的好地方，除了他们，埋不了别人了。我都怀疑爸爸是不是幻想自己被埋在了威斯敏斯特的修道院里，可怜的老家伙。没有比躺在他们身边长眠更糟糕的事情了。”

“有点儿沉闷。”

“当然，但是现在你知道我想要什么。”

“我可能会死在你面前，我是……”她哼了一声，不愿意提供一个恰当的形容词。

“无论如何，为了被埋葬在这儿的教堂墓地中，你必须成为会众的一员，不是吗？”

“好吧，”她惊讶地说，表现出从未有过的兴趣，“让我们加入。”

第二天，我们写信给牧师，并说我们正在寻找一个当地的教会，因为我们居住在牛津，渴望安静的乡村环境。

我们在收到一封优美的回信后，去了一次服务中心，保留了苏西为自己命运中某一天的到来而选定的一块地方，并且试着记住每年都要响应教会的号召，为教会做出一些贡献。

但是当苏西去世的那一天，我们认识的牧师已经搬走了，一个不认识我们的牧师来了，他很年轻，也很时尚。

苏西病得很严重，但还是能搞定自己的事情，还坚持要我们开车去牛津，确保当时定下的墓地还是我们的，忙碌让我们暂时把死亡抛到了一边。

“很高兴见到你们。”牧师有点儿严肃地说，他很想知道为什么从来没见过我们。

“我们搬到伦敦去了，但是我们一直都对教会有所奉献。我想你能在西南角找到我们预订的地方，靠近紫杉木。”

“是的，”他把这个词说出了好几个音节来，“我这里有一个笔记本，里面记录着几年前我们给你们写的信，信上说明我们现在需要你们每年都提供一次性的保留费，这样才能保留你的墓地，我们写了很多次信，但是联系不上你们……”

苏西猛地身体前倾。随着体重的减轻和化疗的恐怖副作用，她的样子变得像鹰一样凶猛，当她感到震惊的时候，样子会变得很可怕。

“你是要告诉我那块地已经不是我的了？你已经卖掉了？我是不是能说……你卖给更好的客人了？”

“达克夫人……”

“是莫尔顿小姐，我还用着我自己的姓。”

“苏西·莫尔顿，你不是苏西·莫尔顿吧？”

“我觉得我现在还是，怎么了？”

“那个作家？”

“是！怎么了？你是想骂我，还是要告诉我这里没有地方给罪人和自由思想家了？”

“当然不是。我读过你的小说。我觉得它们应该是出自一个聪明、年轻、害怕被束缚的女孩子，而且在她成长的过程中，还会写出更多、更好的作品。你为什么不写了呢？”

“我从来没有停下来，我只是不再写完。”

他严肃地点点头：“我知道了。”

“你不知道。现在你告诉我，我保留的墓地还在不在？”

“恐怕没有了。我很遗憾，让你难过了。”

我拉着她的胳膊，让她转过来，可能用力有点儿大。

“苏西，也许你可以去外面溜达会儿，让我跟牧师谈一会儿。”

她依旧很愤怒地出去了，她知道我会商量着来解决这个问题，而不是像她一样去强迫人家就范。

“现在，牧师，我觉得咱们可以商量一下这事儿怎么安排。我注意到你在申请特殊经费来修理屋顶，那件事儿怎么样了？”

他迅速理解了我的意思：“进展不如我们预期中的那么顺利，还差很多钱。”

“明白，两千英镑能有帮助吗？”

“当然了，太感谢您了。”

看到我们的友好互动，苏西溜达了回来。

“我想我们能为你把保留的墓地找回来，莫尔顿小姐，感谢你丈夫的好意。”

“什么好意？”

“他同意，”牧师看了看我，流畅地说，“给我们三千英镑的修复经费。这简直就是对我们祈祷的最好回应了，这刚好够我们重新开始修屋顶。如果运气好的话，这个夏天结束时我们就能完工了。”

“你真的是很慷慨啊。”苏西说。

“简直太慷慨了。”我瞪着牧师说。

山姆对梅赛德斯有点儿嗤之以鼻——如果一个人不得不买德国车，那他一定会选择甲壳虫，可是鲁迪却被这辆梅赛德斯迷住了。

“它好像一架飞机啊，姥爷！你像飞行员！我能跟姥爷一起坐在前面吗？妈妈，这样我就是副机师了，可以控制所有的设备！”

我很容易就答应了鲁迪，他和我一起坐在驾驶舱里，专心地控制着他心中的飞机。我们上路之后，他就安静了一些，看着窗外，希望自己的同学能够看到他。看啊，鲁迪在前面！在梅赛德斯里！

当我们停在教堂门口的垃圾箱旁边时，鲁迪咯咯笑起来。

“我做了一件事情。”他说。

一秒钟之后，一股恶臭充满了汽车内，我太清楚发生了什么。

“鲁迪！”露丝说，“这并不好笑，把车窗打开！”

“这是个臭屁！”他愉快地宣布。

“够了，鲁迪！”露丝抱着膀子说，“你闹够了！”

鲁迪跑进教堂墓地的时候，露丝和山姆一起在后面。露丝拉着我的胳膊说："对不起，我知道这样不对，但他太激动了，他平时不是这样的，我想他是想要弥补那些失去的和你们在一起的时间。"

"太累了，我不太习惯，我发现我是真的什么都不习惯了。"

"你是说鲁迪？"

"他很聪明，对吗？没关系，他会消停下来的，就跟我一起包容他一下吧，求你了，我已经不像以前那么年轻了。"

"爸爸，你为什么要一直说自己老了？"

"因为我感觉自己就像个老人，就是一个老头儿。"

"胡说！你这么说我听着很难过。"

"上帝保佑，我的确老了啊。"

"你才六十几岁，不老！"

"咱们不再争论这个了，好吗？"

墓碑那里有一个石头花瓶，里面装满了枯萎的花，鲁迪把它们丢掉，换上了他修剪过的郁金香——暗夜女王。墓旁边有一张苏西穿着印度鹦鹉衬衣的照片；还有鲁迪的一张画，上面是一个天使，天使旁边写着"姥姥"；另外还有一张厚厚的黑色奶油羊皮纸，上面写着纪·哈·纪伯伦的名言：

无论如何都会死，不如赤裸站在风中，融化在太阳里。

"山姆选的，"露丝平静地说，"他喜欢这句话。"

"妈妈也喜欢这句话，"山姆自豪又庄严地说，"她很文艺，不是吗？”

“很吸引人，我很感动，”我说，“我可以把它拿回家吗？我知道该把它放在哪儿。”

“当然可以了。”山姆由衷地说，他非常高兴自己的选择获得了我的认可。

我们在那儿站了一阵子，露丝在我身边拉着我的手，鲁迪在那儿换着鲜花，并用露丝给他的一瓶水温柔地往花瓶里加水。

我帮山姆一起把墓碑周围的草拔掉，然后我突然走到了大树的另外一边。

“妈妈，”我听到鲁迪问，“姥爷为什么哭？”

我尝试着不再流泪，但是失败了。

“因为他想念姥姥了。”

鲁迪安静了一会儿：“我也是。”

山姆快速走向我，脸上露出羞涩的表情，把我抱在怀里。我允许他拥抱我了，我很震惊，我居然莫名其妙地被他的行为感动了。

“没关系，詹姆斯，”他说，“一切都会好的。”

“谢谢你。”我说着便轻轻地松开了他的胳膊。

露丝向我走近了，把手放在我的肩膀上。“爸爸，”她说，“山姆和我有事情要告诉你。”

“是的，姥爷，快听听，这很让人惊讶。”

我平复了一下自己的情绪：“好的，亲爱的，要说什么呢？”

“你猜一下吧，你从来都不猜。”

“对啊，姥爷，猜猜！”

“我很不擅长猜测，我总是猜错。我们以前在多塞特郡玩猜词游戏，我总是猜不到……”

“哦，安静，爸爸，”露丝说，“你说得对，你总是猜不到。”

“到底是什么重要的消息呢？”

“我怀孕了。”她说。

鲁迪开始呐喊：“我要有一个弟弟了！”

我从来没想过会这样，没想到会发生这样的事，我只是以为她胖了。算了算了，我担心我的回应不够热情。

“真是个惊喜！你确定你们能负担得起吗？”

“爸爸！”露丝听到的答案可能跟她想的不一样，“我以为你会更兴奋。”

“是，当然兴奋。我是很兴奋，我只是想确保这切实可行。你能从工作中请到长假吗？”

“不能，知道怀孕之后，我就决定辞职了。”

“你确定这明智吗？”

“好吧，等我们拿到遗嘱，拿到妈妈留给我们的钱之后，应该是没问题的。”

“让我帮帮你们吧。我知道你们不会去请保姆，但是我可以帮助你……”

山姆把手放在我的胳膊上，我就完全闭嘴了。

“爸爸，”他说，“这是个很感动的时刻，不是讨论经济能力的时候，我们能不能就只是庆祝一下呢？妈妈去世之后……”

“能用你妈妈的名字吗？如果是个女儿，就叫她苏西，好吗？好吧，我也不确定。”

“别说了，”露丝说，“现在别说了，咱们现在回家，先不说了。”

“我可以再坐在副驾驶座位上吗？拜托，拜托！”鲁迪说。

“随便吧。”露丝说道，转身僵硬地走向汽车。

我没有自己回去，而是把他们先送回家，然后我从教堂这边悄悄回到酒店。今天的事情太多了、太快了，露丝觉得我还挺年轻的，这让我感觉有点儿奇怪和不堪。我从来没有如此感激地走进酒店大厅过，我甚至忽略了酒店人员的问候。我快速退回到自己的房间，拉起窗帘，一片黑暗，然后我躺在床上，几分钟之内就睡着了。

当我醒来的时候，我的头疼得好像是脑袋里面塞满了沾着辣椒粉的棉花。我试着重新入睡，但是失败了，接着我站了起来，吃了三片安定，摇摇晃晃地走进淋浴间。酒店送来了干净的衣服，我换上了干净的夹克和新的领带，这让我觉得自己很体面。

可是我应该更清楚地知道，我从来都不是一个好父亲，我也不愿意去当一个好父亲。当鲁迪出生的时候，我把所有照顾婴儿的工作都留给了苏西，苏西甚至好像比她年轻的时候更喜欢孩子了。想必她想念那些养育孩子的过程，虽然时间不长，可她仍旧感到欣慰，她可以抱孩子抱上几个小时。我却没有回忆，甚至没有任何意义上的痕迹。

作为外祖父，我感觉自己就像爱德华·李尔笔下的人物一样，明显带有束缚和卑鄙。我被尝试了一个并不适合我的角色，这个角色连试镜都不需要。随着年龄的增长，小鲁迪从婴儿变成了幼儿，他似乎感觉到了我的抗拒，而这却让他更喜欢我了，而不是他可爱的姥姥，就像猫猫狗狗总是会跑向不喜欢它们的人那儿去一样。

“这没有意义，”我说，“他是喜欢你的，对你微笑……”

“狡猾的小屁孩儿！”苏西说，“这种事总是发生在女人身上。你给予了一切，把你自己的顾虑全放在一边，但是他们仍然会更喜欢去找他们的父亲或是祖父，难怪现实是如此糟糕。”

她喜欢鲁迪，他的陪伴让她感到开心，直到她太虚弱了，虚弱到无法再挤出一个微笑，再也不能拥抱他了。可如今她已经去世了，留下了我一个人。我很害怕自己不能做到，至少我现在还不能。

那辆梅赛德斯终于被提走了，谢天谢地，我从来没有想跟它一直待在一起，没品的出租车。我已经让我的汽车经理，不惜一切代价给我提了一辆 3.8 排量的车。我已经准备好了要让引擎再次转起来了。

再次回到家里是一种解脱，我恢复了以往的轻盈。我再次想起了我的那本关于狄更斯的专著，可我除了屁股坐得好疼，其他的都毫无进展。无论乔治帮我想出多少有趣活泼的标题，也都没什么用。不管怎样，我最好还是先写起来吧，这才是正常的方法。我会去做笔记，找例子，寻找引用的文献，尽管我也不想这么做。我很佩服狄更斯，他是个完美的榜样，因为他始终保持愤怒，他拥有一颗广阔的心，像是一片美丽的海洋。在这方面我们是不同的，我通常会越来越愤怒，但却越来越不善良。没有人能拥有一切，对吗?

和布荣雅在厨房那次谈话之后，我是不是应该对她表示感谢？或者不是对布荣雅，是对露丝。正如露丝在她家厨房里愤怒地跟我解释的那样，显然是布荣雅在无意中发现了狄更斯的这个话题，而这也是因为露丝，那个星期四，是露丝把她介绍过来的。

“我知道你需要一个清洁工，我也知道你还是一如既往地挑剔，不喜欢任何人，但是你还是需要有人来帮你打扫房间。我敢打赌你每天都穿着高雅的衣服，每天都记得洗澡刮胡子，你永远都不会放弃自己的，对吗？但是对妈妈，对我，对我们的家庭，你总是不管不顾。你就像是泰坦尼克号的船长，等着被淹死。”

很难否认这一点，生活从琐碎走向坍塌。

“我告诉了她，你的行为举止很奇怪，让她能适应你一些，她对你很感兴趣，也很同情。我告诉她你已经崩溃了，而且因为她是唯一能接触到你的人，也许她能以某种方式帮助你。但是她不知道自己应该做什么、能做什么，因为她来的时候，你从来都不从书房里出来。”

听到这个我感到很惊讶，但是随着露丝接着说下去，内容开始有了意义。

“唉，我也不知道该提什么建议。这是一个需要渐进的过程。我知道你也试着去控制她，但她也明确自己是个有独立人格的人。她会坚持在工作的时候打开窗帘，就算你下来关上，她也会再打开。这对你不会有任何威胁，但是却可以让她成为一个拥有自己意志和权利的人。否则，她就只能做个笨蛋，任由你控制。”

“你什么意思？”

“哦，保加利亚人都是无知的，咖啡上的奶油、有趣的西红柿，我敢打赌你就是认为她是个白痴。”

这不公平。人们总是会误会对方，这很难理解吗？当露丝帮我重新倒满茶之后，我简单表达了一下我的看法，但是她仍旧说着，没有搭理我。

“关键是她必须让你喜欢上她，但是你不太可能对她感兴趣。她的国籍、背景、教育、眼界，包括她在英国的生活、计划和梦想，这些你都不感兴趣。所以她不得不想办法找到你能有热情的事。烹饪？不行。葡萄酒或者雪茄？也不行。但是读书呢？狄更斯呢？

“布荣雅并不笨，她实际上受过良好的教育，但是英国对她来说还是相当陌生的，她从未听说过狄更斯。但是我跟她保证，她会喜欢上狄更斯的，并且我也愿意借书给她。她的英语阅读比她的口语好很多。她喜欢读书，喜欢这一切，我们时不时也会见面讨论。我决定让她从《雾都孤儿》这样简单的文字开始，然后慢慢用狄更斯的话题来接近你。狄更斯在愤怒些什么？他放弃他的妻子和孩子是多么糟糕。然后再和你找到共同的话题，引出你那些足足可以装满一个浴缸的观点。”

在整个过程中，我完全保持沉默，尽管露丝没有注意到，但是我也不再用喝茶来表达我的不满了。我拿稳杯子和碟子，开始观察它们漂亮的花色，她都没有注意到我，她很享受这一切，完全展示出了她的聪明。

“好吧，”我承认，“我沦陷了。”

“是的。”

“可我不认为你有权利这么做。”

“爸爸，”她说，“别说了。”

“我就像是条小狗一样被人操控了。”

“得了吧。你还不如一条狗聪明。妈妈以前控制你就像开火车一样，她说过的。她知道怎么制定你的时刻表，让你在哪里停，在哪里走，该跑到什么时速……她经常笑这件事情。”

所以他们一直在控制我，以前是苏西，现在是露丝，还有清洁工布荣雅。这就是一个狄更斯式的情节啊，任何聪明的读者都可以很快就看出来。

我花了几天时间才让情绪平息下来，我不再生气，只是有些羞愧而已。聪明的露丝、聪明的布荣雅，只有我是愚蠢的，我竟然这样被人愚弄了。

这一刻我突然有了一种冲动，想和布荣雅重新联系，也许可以恢复我们关于狄更斯的谈话，我知道了她的兴趣不是假装的，或许我们能一起读读书什么的。

但我知道，这个时机已经过去了，一切都停留在了那个时候、那个地方。但是布荣雅已经走了，露丝重新出现在了我的生活中，而且还威胁我要来看我，我已经没办法阻止她了。不过她很高兴我能重新回来，那个我已经抛弃了许久的世界。

或许一切都没有那么困难。我开车出去转了一下，我访问了邱园，在那里享受了一顿美好的午餐。

苏富比有一家很好的咖啡厅，很有品位，那儿的龙虾三明治上有味道十足的烤奶油蛋卷，虽然龙虾的量不是很多，但在下午的拍卖开始之前，没有比这更好的选择了。我来观看了一些中等水平的维多利亚时代的水彩画，这个市场几乎和我一样沮丧，平淡无奇。接下来我知道我会买霍华德·霍奇金的作品，还有一些凌乱和欢快的东西。

我来这里的第二个原因是希望这里的一位“专家”能出售苏西的《瑞明顿》。这位“专家”是一位身穿黑色海军服的时尚年轻女子，非常性感，和她那一代人一样，她用了太多的化妆品，你可以看到她脸上厚厚的那一层粉。我真想触摸她的脸颊，把她的粉刮下来，露出皮肤的原始美和本来的青春。女人们为什么总要把自己画得像张煎饼呢?

苏西没有和这些人有过接触，也不爱化妆，只在耳朵后面有淡淡的香水味。多年来，我认为她除了香水以外，从来不用任何化妆品，尽管她会在梳妆台上摆着各种各样的东西，可我从没见她用过。

“煎饼”玛德琳的专业是当代艺术，她看到《瑞明顿》之后很好奇。

“我们的收藏里已经有五六年没有这个作品了，你是从原创者那里买的吗？”

“我根本没有买，我讨厌它。是我的妻子，我已故的妻子创作了它，又买下了它。”

“我懂了。好，这是很好的原创作品。你有原始文件和收据吗？”

“当然。”

“下一个当代艺术品拍卖会在四个月之后，如果你想那个时候拍卖它，我们就有足够的时间把它编入目录了。”

“我知道了，你告诉我应该怎么做，我就怎么做。”

她愉快地点点头，拿出相关表格。

“我想我们先估一下价格。”我说。

她假笑着，露出很性感的表情：“我会期望在六万到八万英镑之间。”

“如果你是对的，那我相当满意。我会以最低的估价保留它，并支付百分之六，而不是百分之十，因为你可以从买家那里抠出大笔钱。而且我不会为保险或目录中的插图支付费用，这是你要支付的。”

她停了一会儿，笑容融化掉了，然后换了一副神色，如果我可以恭维自己的话，那么我刚才做得很好。

“你以前做过这个？”

“成交吗？”

“成交。”她握了握我的手。

我们完成了相关的手续，然后去喝了咖啡。直到我离开，我都对自己的表现感到非常满意，这是我对美味的咖啡的满意，以及对即将失去《瑞明顿》而感到的快乐。

五天后，露丝来了。她没有注意到失踪的《瑞明顿》，我用一幅令人愉悦的水彩画取代了那幅画。露丝完全没有发现，她对艺术缺乏兴趣。

她一进来，就闻了一下屋里的味道，不以为意地看了看周围，拉开了窗帘，打开了窗户。我告诉她即将举行的拍卖会，她表示惊讶。

“你为什么要这样做？”她觉得我没有权利改变我周围的环境或变卖我的财产，更不用说苏西的了。

“嗯，”我说，“考虑到我年纪大了，我要有足够的钱来用于生活。如果我愿意的话，我打算好好荒废一下，奢侈地活着，甚至可能会在意大利买一个属于我自己的小地方。”

“在意大利？开玩笑吗？这个想法是从哪里来的？”

“不能因为你的妈妈对基安蒂没有好感，就意味着我会讨厌它。我可以吃美味而简单的食物，看建筑和画作，听歌剧，读很多书，邀请朋友。”

“你没有朋友。”

“我有啊，至少我认为我有。可能我遗失了他们，但是我确实有。”

她专心地看着我：“上帝啊，你不会是有了新女朋友吧？”

“我的老天爷！不管怎样，我还会去坐游轮，我就喜欢这样。”

她更加认真地看着我：“我觉得你应该去看医生。意大利？游轮？你疯了吗？”

“也许吧。但是在我去环游世界之前，我还是会把我的一部分钱存在一个值得信任的地方，留给我的小鲁迪。”

“爸爸，不！你知道我的想法，山姆会很生气的。”

“我已经这么做了。”

“爸爸！”

“无所谓，又不是很多，可能有二十五万吧，而且接下来的十五年都会不停地增加。”

让露丝安静下来是很难的，但是我说完后她明显更加激动了。

“这笔钱比我和山姆工作四年的薪水加起来都要多！我不需要一个比我们还要富有的儿子！”

“我只是想让他在二十岁的时候拥有一个属于自己的地方，这笔钱可能够他买一处不错的公寓，让他开始自己的人生。”

“哦，棒极了！让他拥有一个不用负责任、不用努力的人生，就像你一样？”

“不会的。”

“好吧，我从来不相信什么基金，山姆也不信。他讨厌这些东西，你是知道的，他相信资本应该平等分配……”

“别说了，露丝！别虚伪了，我死了以后你会继承数以百万计的遗产！山姆会把它们都捐了吗？如果是这样，那我……”

“够了！你这是想用钱把我们从自己的阶级中买出来！”

“相反，我在帮你们回到你们自己的阶级中。算了，别吵了。”我说，“这个问题我们已经说过很多次了。我不保证我会坚持自己的想法。如果我有更多钱，就能坐更多的游轮，就能住更好的意大利别墅！”

“不管怎么样吧，”她皱了皱眉头，“不论如何，你总是做你想做的事情，既不是为了我，也不是为了你的家人。”

我把她拉到我身边，她有些抗拒，但还是依偎在了我的怀里，我用手臂环住了她：“我真的很爱你。”

确实，去反对她也是没什么道理的，就像是她三岁的时候，当时我们要她穿着红衣服，或者带纽扣的衣服，她会发脾气。这些年来，她生气的原因和对象已经发生了改变，但是她的反抗意识却变得更加复杂和持久。苏西喜欢她的反抗，要么输，要么赢。我很担心露丝，我会对她的心情过于照顾和尊重，她知道我会这么做，也会利用这一点。

“来看看吧，我有个惊喜给你。”她允许我拉起了她的手。

在厨房，我煮了一壶水，然后把一壶牛奶放在托盘上，泡了一壶大吉岭，把她带到了外面。园丁花了一整天的时间在花园里剪草，我在树下摆上茶具、盘子和蛋糕，就在被郁金香包围的中间。

我躺下，假装在闻花香。

“郁金香没有味道，傻瓜！快过来坐下。”她开始倒茶。

“要来一些蛋糕吗？我今天早上做的，非常好吃，甜而不腻。”

她咬了一口，抿了抿嘴：“真好吃！这蛋糕叫什么？”

“酸酸的美味？”

“嗯，很好的名字，我喜欢。”

自从苏西被他们带走后——她的遗体被运走后，我们两个都没有再去过苏西的房间。当我恐惧地打开苏西的房门，就能感到身体被吸入了这个空间，仿佛被一股腐朽的空气围绕着。露丝跟在我后面咯咯笑着，拉开了窗帘，又打开了窗户。她又打开了床头灯，我们花了很长时间把椅子拉到床边，坐下来。随着时间的流逝，我们的话越来越少。

“为什么你要穿这个？”

“你的意思是，我又胖又丑，也没有什么品位？这就是你觉得我怀孕时的样子吧？真是谢谢关心。”

“关心什么？”

“哦，亲爱的露丝，你感觉还好吗？预产期是什么时候？你有什么计划吗？关心这些事情！”

“对不起，我……”

“你连我一半的难过都没有！”

她抑制住自己的愤怒，打开衣橱，打开头顶灯，开始挑选着衣服。她把衣架推到一边，仿佛它们也不喜欢她的存在一样。

我能看到最后一天的她——苏西，她躺在床上的最后一天。当我坐在她的身边，她年轻时候的样子又出现在了我的眼睛和心里。年轻的苏西、我的妻子苏西、母亲苏西，这些形象混合在一起，有的时候不同，有的时候又交织在一起。

她比我和露丝更有存在感，她一度主宰了这个空间，然后悄悄地离开。现在的时间和过去的时间碰撞在了一起，午后的阳光照进了房间，带着那些曾经充满微笑的回忆，我哭了。

听到我哭了，露丝从衣橱间走出来，看着我，她还在生气，不愿意过来。我擦干了眼泪，试图重新打起精神。

“你知道什么让我发疯吗？我觉得自己很难原谅你！当你把自己关起来，你享受着与世隔绝，可我们却被你拒之门外。这种感觉让你有掌控感，让你觉得自己还活着，不是吗？”

“我不明白你什么意思。我觉得生活没有意义，无能为力……”

“不，你以前不这样，现在才是。你现在对什么都不感兴趣，什么都不享受也不参与，就机械般地活着。”

“对不起，我就是这么一个无精打采的人，我知道我是。我现在熬过来了，虽然花了些时间，但是现在我和世界之间仍然有一层隔膜，很模糊，我需要穿过它。”

“好吧……”

“我努力了，我努力了，写作对我有所帮助。”

“写什么？”

“我写了些类似日记的东西。”

我没奢望露丝能理解，而她也不会同情我。悲伤并不让感官变得迟钝，而是加强了它。语言对我来说很重要，悲伤就需要用语言来表达，需要准确的、合适的语言。但是幸福呢？你可以说任何话，用任何你喜欢的语言，谁在乎呢？幸福就是闪闪发光的，不需要去寻找合适的词汇，幸福是无以言表的。

我不幸福，感谢上帝。

现在我终于不再沉迷于自我，开始让一点点的光明和新鲜的空气进入我的世界，事情变得不再那么糟糕，却也不再那么真实。当我痛苦的时候，只有语言可以安慰我，要用小心翼翼的语言来安慰我，可谁又在乎呢？

几分钟后，她整理完了衣橱，不过还是有太多的衣服需要被归置。露丝试图从这些东西里找些自己能穿的，可是找来找去也只找到了几双简单的平底鞋。她坐在床上，一脸颓唐。她在寻找着她和苏西之间有所相关的东西，同时也感受着她们之间的差别。

我不太记得接下来的几个月发生了什么，不是我没有努力，我连上个星期四早餐吃了什么都不记得了，问题依然存在。几个星期后，我甚至都没有去看苏富比的销售情况。我觉得坐在那儿交叉着手指，期待着他们一个跟着一个竞买，是一件很可悲的事情，该怎么样就怎么样呗。《瑞明顿》最后以六万八千英镑的价格出售，这也说明了这个世界和艺术到底有多么愚蠢，这比我的“最高期望”还要高出了近一倍。我打算把这笔钱也投入鲁迪的教育基金里去，我什么都没跟他们

说。当然到了那时，露丝和山姆也怪不了我，反正我又不在了，鲁迪肯定会很高兴。

在那几个月里，我去看露丝看得更加频繁了。我们会出去吃个午饭，在剧院里听音乐会，然后她还会回去哄鲁迪睡觉。有时候我也会在他们家过夜，放学后带着鲁迪去公园，在大棚市场给他买茶喝。我们都很喜欢这样的生活。

谢菲尔德联队来伦敦的时候已经是十一月下旬了。现在很少有伦敦的球队还在这个联盟里，唯一的伦敦队伍是布伦特福德，我查了一下，这只能算是伦敦西边郊区的一支队伍，根本没到伦敦。

“我不知道他有没有准备好，爸爸，他只尝试跟朋友一起过过一次夜，但晚饭后我就接到了他的电话，让我来接他，后来他再也没有试过，还有……”

“你也不确定我们是不是都能好好的是吗？”

“真的，我觉得不行。”

我不像露丝一样担心，我喜欢鲁迪偶尔陪陪我，但是我也觉得他回家似乎是最好的选择。

“咱们就试试看吧。他决定这么做，最糟糕的情况就是他会觉得焦虑，没什么好害怕的。让他知道自己能做到一些原以为做不到的事情，也是不错的。”

“这可能对你也有好处。”

他不喜欢我现在的这辆车——没有空调，没有卫星电视，没有 CD 播放器，也没有电动车窗。引擎总是发出噪声，在路上跑起来时就像是一头粗鲁的野兽。鲁迪坐在里面感觉自己很没面子，很惭愧被朋友们看到。

当他在后座系好安全带后，我们就迫不及待地出发了。其实关于这趟旅程我也不是很自信。鲁迪坐在后面很安静，他在玩儿他的电子游戏，不过这似乎也不是让他冷静下来的原因。

我们到布伦特福德的时候，鲁迪紧紧地裹着自己的皮大衣，红色的谢菲尔德联队的围巾围在他的脖子上，缠了两圈。我拿着我们的袋子，里面有热水壶、糖果、甜点面包、安定、备用的袜子和毛衣，还有一把折叠的小雨伞。

“我们会赢的，姥爷！你会看到的！我们的队很厉害！”

我们没有赢。布伦特福德队一开始就得分了，半个小时后又得了分。还有二十分钟结束的时候，鲁迪尴尬地宣称自己已经不想看了。

“我们能走了吗，姥爷？我们要输了。”

“可能再过十分钟我们就能进球呢？你还没吃你的三明治呢。”

“我们赢不了，我想走了。”

至少我们错过了比赛后的堵车。我们一路沉默地开回家。

他累了，因为过于疲劳，他开始变得烦躁不安。毫无疑问他现在肯定饥肠辘辘。可是他拒绝了我给他的手指饼干和烤面包——这是露丝从维特罗斯超市预订的。

“我想吃比萨。”

“对不起，亲爱的，”我说，“我们没有比萨。”

我六岁的时候，大人给什么我就吃什么。我学会了比拒绝更好的教养——吃光食物，留下干净的盘子是一种感恩和礼貌，是一种美德。不能给孩子们太多选择，这是为了他们好。

“我们都是从达美乐订的，找找吧。你在网上订也可以的！我喜欢蘑菇和香肠。”

“我不知道，从来没订过，很好吃吗？”

“可好吃了，我特别爱吃！我们能要一瓶可乐吗？”

“你妈妈说不能喝可乐。”

“好吧，那就喝果汁吧。”

鲁迪从背包里拿出了他的 iPad：“Wi-Fi 密码是什么，姥爷？”

“我觉得哪儿都有网络，所以没有 Wi-Fi。”

“没关系，我有五个连接器，我可以把它连接到电话线上。”

我不知道这是什么意思。

他正在研究屏幕，推着上面的一个个字母：“你想要哪款比萨，姥爷？”

“我不是很饿，亲爱的，我可能吃一些面包和果酱就行了。”

“可是姥爷，你必须尝尝，你一定会爱上它们的！”

“好吧，那我就要一个普通的吧。”

二十五分钟后，比萨送到了。我们在厨房的餐桌上摆好了盘子和刀叉，我还给鲁迪准备了果汁。

这没有我担心的那么糟糕，而是更糟糕。这个味道我简直无法忍受，但我还是努力地尝了一小点儿，硬着头皮吃掉了。

鲁迪先拿下来香肠片吃掉，然后把比萨对折，狼吞虎咽地吃了下去。

“我们有布丁吗？”他竟然把比萨都吃完了。

“好吧，”我说，“我只有一些樱桃加西亚冰激凌。”

“樱桃加西亚！我最喜欢的冰激凌。”

“是吗？太好了，运气真好！”

我们将脏碗堆在一起，洗了洗手就一起上楼了。我把书房的沙发铺成了睡床，我记得露丝给了我一个橡胶垫子，防止鲁迪掉床。

“你要确保鲁迪不会看到它，”露丝提醒我说，“否则他会觉得很尴尬，要把它放好，然后用毯子或者被单盖上。”

他洗碗之后，可能是太累了，就没有洗澡。我帮他穿上睡衣，把他放到床上，拿了一本书和他一起躺下。

“亲爱的鲁迪，你会喜欢这个的，这是小熊维尼的故事，这很有趣！”

“我不喜欢，我不喜欢会说话的动物。”

我深感震惊：“可是，亲爱的，所有童话书里的动物都要说话啊！《小熊维尼》《柳林风声》《彼得兔》，还有《爱丽丝梦游仙境》！”

“我不喜欢它们。”他撇了撇嘴。

“《霍比特人》《指环王》……”

“别说了，姥爷，我不喜欢它们，爸爸说它们很蠢，是不好的。”

我觉得我对山姆的评价已经不能再低了，然而还是降低了。他剥夺了鲁迪对儿童文学经典著作的兴趣，就因为他自己是个没有脑子的人，因为他有父亲的权力……

“我带了书，姥爷，在我的书包里。如果你把它拿出来，我可以读给你听！”

这是一本罗尔德·达尔的平装书，***BFG***，昆汀·布莱克提供的插图。

“这是什么？”我问。

他愉快地从我手中拿起这本书，开始翻起来：“好心眼巨人的故事啊，你没看过吗？”

“没有，但是我喜欢这些图片。”

“很有趣，我也想尝试着画一个，可是很难。我给你读吧，你闭上眼睛，安静地听。”

我移过床垫，把枕头调整好，搂着鲁迪。

“这里面有很多比较难的词汇，你可能得帮帮我，但是大部分我都记住了。”

“你尽管读吧，亲爱的，没关系。”

他读得很慢，但是读得很好，一旦他读到自己最喜欢的那段，甚至都不需要看书。

又过了一会儿，他的头开始一晃一晃，这本书很快就躺在了他的胸前。我轻轻地把他从我的胳膊上挪开，站起来关掉灯。在我踮着脚尖走出房间时，我看到夜色在角落里温暖地发出了安慰的光芒。

我和鲁迪几乎同一时间休息了。我躺在床上愉快地阅读，收音机的音量开得很低，我担心声音太大的话，鲁迪那边儿有动静我就听不到了。中间我起来去检查了他好几次，他睡得很好。

这一天对我来说并不容易，我需要一个孩子陪我，但是又不想让他太使唤我。我很幸运，他大部分时间在车后面自己捣鼓着那些电子设备。在体育场时，他总是努力地去听人群中的声音。

我吃了五毫克的安定，想了想，又吃了五毫克，很快我就进入了麻醉情况下的深度睡眠。我还在角落里留了一盏亮灯，以防鲁迪晚上起来找我。

他确实需要。

我被呜咽的哭声吵醒，我几乎不知道自己在哪儿，完全不记得鲁迪在我这里过夜。我很害怕，一下子就坐了起来，回忆起了太多和苏西在一起的场景，那些破碎的梦境充满了回忆，如此鲜活，如此清晰。可我不得不将这些东西赶走，猛烈地摇晃了一下我的头。

“我喊你了，”鲁迪声音有点儿夸张，“但是你没过来。”

“抱歉，亲爱的，我睡着了没听见。”

他哭得更凶了：“我想要妈妈！我要妈妈！”

“是啊，你需要妈妈，你为什么不和我先一起睡呢？然后再试着回去接着睡？”

“我睡不着。”

“你可以的，肯定能睡着的，我不睡了，看着你。”

“我全身都湿了。”

我从他的背包里拿出了备用的睡衣。

“那让我们做点儿别的，去洗个澡，干干净净的？”

“不要！”他倒是不哭了。

我尽可能用他最喜欢的毛巾把他擦干，给他穿上干净的睡衣，哄他上床。他躺在我身边，哼了一声，试图让自己躺得舒服点儿。

“你还记得那天你在车上吗？”我问。

“什么？”

“你让我们不得不打开所有车窗！”

他咯咯笑了起来，然后他嘟起嘴巴，发出轻微的放屁声，然后大笑起来。

“晚安，亲爱的。”我温柔地说，吻了吻他的脸颊。

“晚安，姥爷。”他喃喃地说。

早上七点，我们醒来，跌跌撞撞地去楼下找果汁和麦片，还有白面包和谷物。

“我有个好主意，”他说，“也许我可以跟你再多待会儿，咱们可以去那个我喜欢的博物馆，你提起过的那个。”

“你说那个自然历史博物馆吗？”

“对，就是那个，姥爷，行吗？”

“我不确定，你妈妈会想你的，她想让我早上就把你送回去。”

“她不会介意的，她会很高兴的，她喜欢博物馆，爸爸也喜欢，她一定会同意的，我敢打赌，她一定会的。”

“我想你是对的。”我说。

苏西开始化疗之后的一两个月时，我们带他去过一次博物馆，她坚持认为鲁迪是她的，而我是一个不好的姥爷，鲁迪不能被我影响、被我带坏。

“至少我能让他找到自我。”苏西说。

鲁迪兴冲冲地忙活了好久，玩弄各种东西，哈哈大笑。直到自己出来时便开始哭了，一直说苏西只给他买了一个二百九十五英镑的博物馆商店里的纪念水晶，却没给他买冰激凌。

苏西筋疲力尽地回到家里：“我讨厌展览馆和博物馆的讲解员，他们把事情搞得一团糟，他们把孩子都捧上天了！”

“可怜的你啊。”我说。

“最后一次了，我很爱鲁迪，但是我没办法跟上他了，很快就只能你带他了……”

“不要，”我说，“你别这样。”

“嘘……”她轻轻地抚摸着我的嘴唇。

“你会好起来的，你会没事儿的。”我吻了吻她的手指，“不行，没有你，我该怎么办？”

她微笑着，脸上挂着微笑，收回了她的手指：“你会想起我的，你会永远记得我的。”

（完）

享读者

WONDERLAND